T0267870

Nadie nos vio partir

Tamara Trottner

Nadie nos vio partir

El papel utilizado para la impresión de este libro ha sido fabricado a partir de madera
procedente de bosques y plantaciones gestionadas con los más altos estándares ambientales,
garantizando una explotación de los recursos sostenible con el medio ambiente y beneficiosa para las personas.

Nadie nos vio partir

Primera edición: abril, 2020
Primera reimpresión: diciembre, 2020
Segunda reimpresión: diciembre, 2020
Tercera reimpresión: febrero, 2021
Cuarta reimpresión: enero, 2022
Quinta reimpresión: noviembre, 2021
Sexta reimpresión: marzo, 2023
Séptima reimpresión: abril, 2024

D. R. © 2020, Tamara Trottner

D. R. © 2024, derechos de edición mundiales en lengua castellana:
Penguin Random House Grupo Editorial, S. A. de C. V.
Blvd. Miguel de Cervantes Saavedra núm. 301, 1er piso,
colonia Granada, alcaldía Miguel Hidalgo, C. P. 11520,
Ciudad de México

penguinlibros.com

ISBN: 978-607-319-104-3

Impreso en México – *Printed in Mexico*

La vida es un acontecimiento momentáneo.

OLGA TOKARCZUK

Somos nuestra memoria, somos ese museo quimérico de formas cambiantes, ese montón de espejos rotos.

JORGE LUIS BORGES

La mesa es redonda. De caoba. Cabe apenas un teléfono gris de disco. Miro hacia arriba, a esta edad todo se mira hacia arriba. Mi hermano y yo escuchamos angustiados las palabras que nuestro padre dice al auricular. Yo paseo la mirada de uno al otro sin entender muy bien lo que sucede. Acabo de cumplir cinco años. Éste es el último día de mi infancia.

1

Supongo que tuvieron que casarse.

Al menos para que mi hermano y yo naciéramos. Aunque a veces me pregunto si para que yo naciera se tenía que tropezar ese específico óvulo con el exacto espermatozoide o si la cuestión es más esotérica y mi alma decidió meterse ahí para cumplir algún propósito.

A veces me digo que fue el desino, entonces no puedo dejar de imaginarlo como a un operador de torre de control aéreo, un operador esquizofrénico que entre carcajadas decide hacer que dos aviones se encuentren de frente.

De una u otra forma, lo cierto es que ahí nací. Por eso la historia es ésta y no otra.

Él se llama, digamos… Leo. Antes de ser personajes, las personas se llaman como eligen sus padres. Cuando se convierten en protagonistas el nombre tiene que cambiar, y es que todo se transmuta en la mente del escritor y la mía debe de haber distorsionado tanto la realidad que lo que aquí se plasma es sólo una novela. En la novela él se llama Leo.

Ella.

A ella me es más difícil nombrarla. Tuve que preguntarle ¿cómo quieres que te llame cuando te vuelvas personaje? Valeria, me dijo muy convencida. Valeria y Leo se casaron.

Su matrimonio causó tal conmoción que tal vez habría sido mejor que mi hermano y yo escogiéramos otro espermatozoide y otro óvulo para convertirlos en hogar de nuestra existencia. No lo hicimos y ellos se casaron y ahí podría empezar la historia.

Comienza antes.

2

Todos los judíos de Rusia a principios del siglo xx tienen una vida que puede convertirse en novela. Es cuestión de que una nieta decida escribirla. Tal vez muchas lo han hecho y por eso hay tantas historias repetidas. La mayoría se parecen, todas nacen del mismo destierro y, sin embargo, no hay una igual a la otra.

El papá de Valeria nació en Kiev a finales del siglo xix, aunque él siempre sostuvo que era de 1900. Cuando le preguntaban su edad, muy orgulloso respondía, Yo voy con el nuevo siglo. Tuvieron que huir de su país. En Rusia y en Polonia los ataques a los judíos eran cada vez más frecuentes. Entraban a los pueblos a robar y a masacrar, violaban a las mujeres ante la mirada distraída de las autoridades. Decenas de hombres armados, empapados en alcohol y odio añejo, llegaban a destruir las vidas de quienes trataban de existir en silencio. Con cada pogromo se devastaba la esperanza de una subsistencia apacible. Los soldados entran al pueblo, queman casas, destruyen templos y salen cantando. Con cada ataque, en los jóvenes crece la rabia y los viejos pierden la esperanza. Decididos a morir lo más pronto posible, entregan sus posesiones para permitir que los que aún tienen una vida por delante traten de vivirla.

Moisés, sus padres y hermanos disfrutaban de una situación acomodada. Aun así decidieron escapar. En buen momento. Los que optaron por esperar tiempos mejores terminaron en algún horno y después en películas y escritos que repiten una y otra vez la historia de un holocausto que, aunque esté tan escrito, nos sigue dejando sin palabras.

Salieron dos hermanos a tratar de hacer la América, abrir el camino para los demás. Y lo hicieron.

Antes de abordar el barco que los alejaría para siempre de su casa —nunca quisieron ni se atrevieron a volver—, antes de iniciar ese para siempre, fueron a Francia, al puerto de Sancerre. Ahí, mi abuelo compró un lote de medias de seda. Le habían dicho que en América las mujeres podían morir por unas medias francesas. El dinero reunido por familia y amigos cercanos para enviar a los jóvenes a abrir el camino lo invirtió en el preciado tesoro que, al llegar a tierra, se multiplicaría por cien, quizá más. Metió el sedoso botín a una maleta que durante la travesía jamás perdió de vista. Al anochecer dormía sobre ella, durante el día la usaba como mesa para comer y escribir cartas que nunca envió a sus familiares. Se acostumbró tanto al peso del maletín que, cuando ya no lo cargaba, su puño seguía tomando el asa inexistente.

Habría muchas historias que contar de la travesía. No las conozco. Podría imaginarlas. Hubo amoríos, peleas, hambre y sed, mareo y añoranza. Lo que no hubo fue una estatua de bronce que los recibiera aventando dólares al aire para quien quisiera tomarlos.

Los pasajeros habían escuchado hablar de la estatua de la Libertad, señuelo de los barcos que llegaban embebidos en ilusiones y miedos. A unos cuantos kilómetros de las costas de Nueva York, como centinela, se erguía la Isla de Ellis. Quienes sortearan el escrutinio de los agentes estaban destinados a una vida de plenitud y opulencia, porque el suelo de Estados Unidos está pavimentado de oro.

Pero el barco de mi abuelo y de muchos otros abuelos y abuelas que en ese momento eran casi niños nunca llegó siquiera a vislumbrar la estatua. Ellos se quedaron en la costa de un país sumido en una revolución, con pavimento de sangre y fango, no de oro. América al fin, pero una América mucho menos esplendorosa que la que habían soñado.

Mi abuelo nunca pudo pronunciar bien el nombre de Veracruz. Será que le evocaba la angustia de saberse en un lugar inhóspito, en el que gritan en un idioma jamás escuchado, con personas demasiado preocupadas por sobrevivir como para ayudar a otros infelices que inundan sus calles, escapando de una guerra que les es ajena. Contaba, ya de viejo, que el primer momento en el que se sintió agradecido por estar en México fue cuando probó un helado de *gavnavana*.

3

Antes de llegar, Moisés escuchó a unos hombres hablando del obligado paso por la aduana. Las cosas de valor te las quitan, a mi primo le arrebataron sus joyas y hasta los zapatos. Mi abuelo entró en pánico. El dinero invertido en las medias de seda, todo lo que poseía, estaba en peligro. Decidió pedir ayuda a sus *shif brooders*, los hermanos de barco que permanecerían siéndolo hasta que cada uno perdiera la vida o la memoria. Llevaban más de cuarenta días de travesía, escuchándose mutuamente las lágrimas y, a veces, hasta algunas risas. Consolaban al de junto para después recibir consuelo. Sabían sus nombres y apellidos, conocían el pueblo que los vio nacer y que los despidió. Moishe les encargó a varias mujeres que llevaran en sus maletas uno o dos pares de medias, así no llamarían la atención de los policías y al pasar la aduana se las devolverían.

No le regresaron ni una.

Se las llevaron todas, me contaba mi abuelo. Al pedirles que me entregaran las medias me veían como a un loco, aparentando no comprender de qué les estaba hablando.

Ni un par regresó a la maleta que con tanto sigilo había cuidado.

Alguna vez, muchísimos años más tarde, sentados en un café de Polanco, mi abuelo vio pasar a una viejita encorvada, caminando paso a pasito. Ésa, me dijo Moishe al oído, ésa es una de las que me robó... eran unas medias tan buenas que de seguro las trae puestas.

Mi abuelo y su hermano se vieron completamente solos, sin dinero, sin idioma, sin ley, sin familia. Sin medias.

México, a principios del siglo XX, era polvo y pólvora. En especial el puerto de Veracruz, un lugar sin maquillaje ni códigos de etiqueta.

Moishe, por ser el mayor —aunque aún no era mayor de edad— tomaba las decisiones. Su hermano lo seguía un paso atrás, tembloroso, inseguro, aferrado a una patria que jamás había sido suya. Pero de lejos las cosas toman formas caprichosas. Ahora, para el niño, Kiev era un lugar soleado y pacífico en el que los vecinos lo saludaban con palabras que podía entender. Quiero regresar a casa, lloriqueaba cada vez que algún pistoludo lo empujaba en la calle, vociferando insultos.

Moisés nunca miró hacia el viejo continente. Jamás añoró su casa. Clavó la bandera de su fe en este país donde insultaban parejo a judíos y cristianos y, además, no había pogromos.

De mi abuelo materno, fui la nieta consentida, la más chica del montón y la que lo visitó hasta el final. Yo fui quien lo acompañó en la ambulancia que lo llevó al hospital en donde murió unas horas después. Las últimas palabras que me dijo fueron, No te regreses sola.

Regresé acompañada por todos los que lloramos su partida. Rodeada de personas y sintiendo la soledad de mi primer muerto.

4

Ana, mi abuela, nació en Waranobich, un pueblo que le quedó chico desde sus primeros pasos. La visión de Ana llegaba hasta sitios tan lejanos que ni siquiera existían para los habitantes del pueblo.

Una niña de vestido al tobillo, pelo recogido, ojos azules que miran a través de las limitaciones impuestas a las mujeres. Naces, aprendes lo más elemental, te casas, traes al mundo muchos hijos. Si tienes la suerte de que sean hombres, habrás cumplido tu misión. Si no, entonces tu vida resultó vacua.

Punto.

Pero Ana estudiaba como si cada página leída, cada suma resuelta, cada nuevo conocimiento pudiera llevarla a un lugar que, por alguna extraña razón, había infiltrado sus sueños. Sus padres la veían con preocupación. Esta niña no es normal.

Terminó primaria. Entre sollozos y miradas de corderito convenció a su papá de que le permitiera seguir en el *Gymnasium* los estudios más elevados. Descubrió que existen profesiones que también las mujeres pueden ejercer. No ahí, pero sí en otros países, porque allá afuera hay todo un mundo que vive con pensamientos nuevos. Algún maestro con ideas progresistas siguió respondiendo sus preguntas y alimentando sus ansias. Hay mujeres abogadas, doctoras, dentistas… Eso quiero ser, dentista. El profesor se dio cuenta de que había cometido un error al sembrar en la jovencita un anhelo irrealizable. Eso no es posible en este país, le explica, y mucho menos en este pueblo. Sólo en lugares como América.

América se convirtió en el mantra de Ana.

Unos años antes, un hermano de su mamá había hecho el viaje al nuevo continente y de vez en cuando recibían cartas repletas de las narraciones de un lugar asombroso y libre, en el que todos son iguales, los judíos y los gentiles conviven en paz y si trabajas puedes tener cualquier cosa que desees.

América.

Ahora nada la puede detener, se va a ir a Nueva York, a la universidad de Columbia a estudiar odontología. En su tiempo libre aprende inglés con libros que el profesor le presta a escondidas.

Si realmente te quieres ir tendrás que aprobar los exámenes. Es casi imposible que acepten a una mujer y mucho menos rusa, pero podemos tratar. Tengo un amigo que está dispuesto a ayudarnos con los trámites. Me imagino que el profesor hizo esto para quitarse la culpa de haber metido ideas revolucionarias en la cabeza de una niña sin derecho a sueños propios.

Meses después, llega una carta. Ana está aceptada.

El profesor la abraza, llora. Quisiera ser él quien emprenda el viaje sin regreso. Para los viejos es demasiado tarde.

Ahora el problema es decirles a sus papás. Ana tiene dieciséis años, edad de encontrar marido, no una carrera universitaria.

Entra a su casa con la carta de aceptación en la mano. La cabeza inclinada. El aliento le sabe a miedo, pero no es el miedo de los pogromos, es una ansiedad de vida, de demasiada vida, de esa que casi no cabe por imposible.

Minka, su mamá, la ve entrar y se asusta, sabe que algo ha sucedido. Corre a abrazarla. Vienen a la cabeza imágenes de violaciones, de ultrajes. Ana extiende la carta. La lee sin entender, está escrita en inglés. Ana le explica lo que esas extrañas letras quieren decir.

A pesar de estar feliz con la noticia, la mujer no dice nada, no puede hablar antes de que lo haga su marido, sería ir en contra de su autoridad y eso está prohibido. Mandar a su primogénita al otro lado del mundo, sola, en una travesía desconocida, suena aterrador. Sin embargo, Minka tiene cuatro hijas. Cada noche suplica a Dios que las cuide. Cada vez que llegan soldados rusos a romper puertas con gritos y amenazas, ella esconde a las niñas en el horno del pan. Las primeras veces alguna de ellas lloraba. Después se acostumbraron a la oscuridad, a sentir el temblor de sus hermanas. Cuando pasa el peligro Minka las saca, agradeciendo haberlas salvado una vez más. Pero ¿cuántas veces tendrá esa suerte? Si Ana se va a América ya sólo serán tres nombres por los cuales exhortar al Creador. Tres cuerpos temblorosos en el horno. Tres y no cuatro.

De ninguna manera, grita Jacobo.

Cuando Ana está a punto de suplicar, de reclamar, su madre la detiene con esas pupilas que saben decirlo todo. Yo me encargo.

Sí, mi bisabuela siempre se hizo cargo de cualquier situación. Despacio, para que su marido continuara sintiéndose el hombre de la casa, el jefe de familia, creyendo ser él quien tomaba las decisiones que ella ya había resuelto. Esa noche, sorbiendo té caliente, bajo la luz de una veladora, le explicó cómo él prefiere que su hija vaya a vivir con los tíos ricos. Cómo él siempre ha sido más liberal y más inteligente que la bola de amigos del pueblo. Le recordó que para él la seguridad y felicidad de sus hijas está por encima de lo que otros puedan pensar.

A la mañana siguiente, dando un manotazo firme en la mesa de madera, Jacobo dijo, Ya lo decidí, Ana se va a América.

5

Queriendo alcanzar Nueva York, mi abuela llegó a México. Se llenaron las cuotas, explican apresurados los de la tripulación. ¿Cuotas? Nadie entiende de qué están hablando, ellos compraron un boleto para ir a América. Sí, esto es América, pero más abajo. ¿Debajo de la estatua? Asustados y confundidos, los viajeros desembarcaron entre marimbas y jarochos.

Queridos tíos:

Llegué a América, a un país que se llama México. Desviaron el barco, dicen que se llenaron las cuotas de entrada a Estados Unidos. No sé qué significa eso, la tripulación no tuvo mucha paciencia para explicarnos lo sucedido. Nos bajaron a empujones, para zarpar lo más pronto posible de las costas de este país que, al parecer, está en guerra. Por suerte aquí hay una comunidad judía que recibe a las personas que, como yo, no tienen familia. Voy camino a la capital, estaré ahí mientras encuentro la forma de viajar a Nueva York. Si ustedes pueden enviarme un poco de dinero, les aseguro que lo devolveré lo más pronto posible. Les mando la dirección en la que me estoy quedando.

Gracias por todo, queridos tíos, nos vemos muy pronto.
Los quiere mucho su sobrina,
Ana

Queridos tíos:

Imagino que no han recibido mis cartas. Me dicen que el correo de México es muy inseguro. La familia que me recibió se ha portado muy bien. Empecé a trabajar para pagar mi estancia.

Me contrató como costurera un señor muy amable. Me tiene infinita paciencia, pero yo no sé coser. Hago la mitad del trabajo en el doble del tiempo que mis compañeras. Hablé con él y le dije que me baje el sueldo. Creo que me va a despedir muy pronto.

Estoy ahorrando lo más posible para ir a Nueva York.

Si no me pueden mandar dinero no se preocupen, gano bien y casi no gasto en nada. Estoy tratando de comer poco para juntar el costo del boleto.

Los quiero mucho,
Ana

Queridos tíos:

Ha pasado un año desde que desembarqué. Me dice mi mamá que están bien gracias a Dios. No entiendo por qué no me han escrito. Les vuelvo a mandar la dirección en la que me estoy quedando.

Tuve la suerte de que me contrataran como encargada en la biblioteca de la comunidad judía de México. Soy una de las únicas mujeres que sabe leer y escribir. Ya tengo ahorrado suficiente dinero para pagar el pasaje, pero necesito que alguien en Estados Unidos me reciba. Sólo dejan entrar a aquellos que tienen familiares ya establecidos y una forma segura de mantenerse. Al parecer, cada día hay más personas huyendo de Europa.

Espero verlos pronto.
Con cariño,
Ana

Queridos tíos:

Conocí a un hombre maravilloso, se llama Moishe. Él llegó a México de Kiev y se ha hecho de un buen trabajo. Me pidió matrimonio y acepté.

Sé que siempre voy a preguntarme qué hubiera sucedido de haber llegado a Nueva York, a la universidad, a hacer una carrera. Pero estoy contenta con lo que el destino decidió para mí. Me caso en dos meses.

Espero que esta carta los encuentre con salud.
Ana

A Ana le fue muy bien. Estuvo más de sesenta años junto a un buen hombre y murió rodeada de hijas, nietos y bisnietos que la adorábamos. Hizo la vida y, sin embargo, nunca dejó de hablar de Columbia, la universidad en la que, a pesar de ser mujer, a pesar de ser rusa, a pesar de ser principios de siglo, la aceptaron para estudiar la carrera de dentista.

Cada vez que alguno de sus nietos nos graduábamos, a mi abuela le volvía el sabor de las cosas que quedan pendientes. Terminó por perdonar a los tíos que, viéndola ya demasiado cerca, optaron por ignorarla. Los entiendo, me dijo alguna vez, una boca más que alimentar en esos tiempos en los que cada mendrugo era preciado, resultaba una carga demasiado pesada. Me casé con tu abuelo y ahora te tengo a ti, me decía acariciando mi mejilla, *sheine ponim*, cara bonita.

Se hizo la vida…

6

De niña yo pensaba que Ana y Moishe habían nacido al mismo tiempo, pegaditos, así como andaban por el mundo. Después supe que se conocieron paseando por la calle de Jesús María. La comunidad judía se instaló en el centro de la ciudad convirtiéndola, poco a poco, en su hogar. Una casa se vuelve sinagoga; otra, escuela; un vecino ya es esposo y una amiga, la madre de los hijos. Hijos mexicanos que sabrían pronunciar las palabras que sus padres jamás pudieron articular.

Fue un noviazgo corto. Eran tiempos en los que las decisiones se tomaban rápido y para siempre. No tenían muchas opciones. Habían escapado de una guerra y llegado a otra, hablar de muerte era cotidiano, ya no alcanzaban las lágrimas ni los miedos para tantas ausencias. Además, la comunidad judía era pequeñísima, así que al momento en el que se encontraban dos seres afines que entendían el sentir del otro, que habían surcado las mismas aguas del destierro y que habían llegado por accidente al mismo entorno áspero, no quedaba más que unirse. Enamorarse implicaba estar dispuestos a dormir en la misma cama, a criar a los mismos hijos, a tratar de silenciarse las pesadillas en común. Salieron unas cuantas veces, se sentaron frente a frente a tomar té caliente y a transmitirse sus historias que, por ser tan similares, parecían pertenecerles de antemano.

Estuvieron casados sesenta y cinco años y hasta el último día discutieron por la comida que ella preparaba y que a él, aparentemente, le caía pesada. En la mesa de su comedor escuché la historia de Columbia y la de la primera compra de tubos. La de las medias de seda y de cómo a mi tía la durmieron en una caja de zapatos hasta que cumplió tres meses.

Ahí comí la mejor mermelada de fresa del mundo, hecha por mi abuela, cientos de garibaldis y té hirviendo, siempre servido en vaso de cristal, como debe ser. Cuando tomaba el líquido humeante, mi abuelo aplaudía diciendo, ¡Ésta es una verdadera rusa! Yo bebía el té con la mirada fija en la alegría del viejo, sintiendo cómo se quemaba mi muy mexicana lengua.

En esa mesa fui dilucidando la historia de mis papás. Para conocerla, tuve que escarbar entre mentirillas blancas, fechas enredadas, silencios incómodos. Cuando mi abuela metía un pedazo de garibaldi a su boca y después daba un sorbo de té, yo sabía que estaban a punto de abrirse las compuertas de aquella cueva de secretos en la que se almacenaban las historias que forman los entresijos de mi existencia. Me sentaba muy atenta a memorizar lo que se decía y, créanme, en una mesa llena de mujeres se dicen muchas cosas y todas al mismo tiempo. Tuve que ir quitando la paja de los chismes del día, el escándalo de la semana y el precio del jitomate. Siempre, en algún momento, entre miradas cómplices y disminución en el volumen de la voz, aparecían pedazos de mi vida, incluso antes de ser mía.

7

Tengo también otros abuelos. Son abuelos pero en mi caso son los otros, los que existen pero no están. De los papás de mi papá sé muy poco porque dejé de verlos a los siete años y cuando los reencontré ya eran demasiado viejos para entrar en mi vida. Su verdadera historia —si es que existe una verdadera historia— la está contando Leo, con sus propios recuerdos.

Galya y Samuel. Así se van a llamar.

Galya y Samuel eran hermanastros. Son ellos los primeros protagonistas de una incestuosa tradición familiar que ha permeado tantas generaciones, que ya parece ser algo normal.

La mamá de Samuel era una mujer ruda, frustrada por su vida junto a un hombre que peleaba más por la causa comunista que por llevar comida a su familia. Una vez al año la mujer amanecía quejándose de intensos dolores de cabeza. Con la mirada fatigada y los pies pesados, decía que necesitaba ir a hacerse "la cura". Empacaba su ropa más refinada y se iba a uno de esos balnearios muy elegantes a los que viajaban las personas ricas para descansar de no hacer nada y beber las aguas de los borbotones que por su espantoso sabor debían de ser muy sanas. Pudo haber sido Baden-Baden, Bad Hofgastein, o cualquier otro. El lugar no es importante, lo que resulta jugoso para el relato es que, al parecer, "la cura" incluía, además del agua de borbotón y fruta fresca, los revolcones más apasionados con un elegante millonario con quien Galya coincidía cada vez que la atacaban el desgano y la migraña.

Después de varios encuentros, la mujer decidió divorciarse de su marido para casarse con el hombre de los retozos curativos que era además convenientemente viudo.

Fue así como Samuel y sus dos hermanos terminaron viviendo en Lublin con el viudo y sus seis hijos. Tres hombres y tres mujeres. La mayor era una belleza rubia de ojos claros que miraron a Samuel hasta desvanecerle la prudencia.

Él contaba que se enamoró a primera vista de su hermanastra, la hermosa niña que vivía a una habitación de distancia. En sus historias nunca queda muy claro cuánto tiempo vivieron en la misma casa. Lo cierto es que Samuel no quiso que la relación fraternal se enraizara. Sabía que quería casarse con ella y la única opción era irse lejos hasta tener edad y dinero suficientes para pedir su mano.

Como lo hubiera hecho un caballero armado y con apenas dieciséis años, decidió dejarlo todo por el amor a su doncella. Escapó a la ciudad de Turín, en Italia, para hacer la carrera de ingeniero mecánico, que le aseguraba un buen futuro. Galya se despidió con un beso en la mejilla que para él fue suficiente confirmación de que su amor era correspondido.

Cada semana, durante cinco años, Samuel le escribió una carta. Cada semana, durante cinco años, la llevó al correo. Ahí mismo preguntaba si habían recibido algo a su nombre. La primera respuesta fue seca, No, nada. Después fue tornándose compasiva, El correo anda muy mal estos días, muchas veces se extravían en el camino… Al verlo entrar a la oficina, los funcionarios se miraban entre contrariados y divertidos. Podían repetir palabra por palabra lo que el joven les diría, Por favor, mándenla con suficientes estampillas, no se vaya a perder. ¿Llegó alguna carta para mí?

El primer día del mes Samuel mandaba a su casa diez dólares con una nota explicando que le estaba yendo muy bien. Hubo veces en que sólo le alcanzó para comer una papa hervida o un pan, para ahorrar los dólares que enviaría como un mensaje para Galya, que aunque no respondía sus cartas, seguro estaría orgullosa del éxito de su enamorado.

Allá en Lublin el hombre guapo y rico, padre de Galya, perdía su fortuna como a veces se pierde la cordura. La madre de Samuel, furiosa, señalada no sólo por estar divorciada, sino también porque ya se habían vuelto chisme de mercado los retozones que hubo previos al matrimonio, estaba decidida a mantener su estatus de rica del pueblo a como diera lugar. Únicamente el dinero es capaz de callar a los liosos.

Decidió que Galya, su hijastra, sería la salvadora de la familia al casarse con el hombre más rico de Lublin. Al parecer los diez dólares que Samuel mandaba no le hicieron una gran impresión a su madre, que siguió apostando por la fortuna del joven banquero. De hecho, el prometido ya había hecho algunos préstamos a sus padres políticos para demostrar su buena fe y ellos, en un acuerdo sobrentendido, aunque no oficial, habían dado en garantía a la hermosa mujer de ojos azules y virginidad resguardada a conciencia.

Mientras tanto, a Samuel lo contrataron en la Compañía Eléctrica de Barcelona para ir a trabajar a Mallorca. Pasaba la mitad del tiempo trabajando y la otra mitad codeándose con el jet set de las islas Baleares.

Los mensajes seguían saliendo puntuales cada semana. Las respuestas seguían sin llegar. Un día, la mamá de Samuel decidió ir a buscarlo. Temía que una carta se colara de su sagaz filtro y llegara a manos de su hijastra, así que optó por ir a poner al necio de su hijo en su lugar.

Ya date por vencido, mira cuántas mujeres hermosas hay en estas playas. Galya no quiso esperarte, se casó y ya tiene dos hijos. Te ruego que la olvides.

Samuel, desesperado, fue a buscar a un primo hermano que vivía en un pueblo cercano. Le relató su historia de amor, le explicó que seguramente su madre no permitía que Galya recibiera su correspondencia y que si iba a su casa detendría el encuentro. Galya se casó y tiene dos hijos, le explicó al atento escucha, pero no voy a desistir a menos que ella me lo pida. Le dio una nota y el pasaje de tren para que entregara sus palabras directamente a su enamorada. Es difícil negarse a ser el mensajero de una novela de amor en construcción, así que el primo accedió.

No me importa que estés casada. Tus dos hijos serán como míos, te prometo amarlos siempre como te amo a ti. Te pido que te divorcies y vengas a Barcelona, aquí te estoy esperando.

Galya no entendió nada, ¿hijos?, ¿divorcio? ¿Estaría perdiendo la razón el hombre del cual seguía enamorada? Decidió que se iría a España a alcanzar a quien había sido el amor de su vida desde los dieciséis años. Por supuesto que la cosa no era tan sencilla. Después de posponerla por más de un año con excusas ridículas, finalmente la gran boda tendría lugar en tres semanas y la alta sociedad de Lublin se preparaba para bailar y brindar, celebrando a la pareja. A la joven no le importó, empacó su maleta decidida a irse con o sin el permiso de su padre.

Fue entonces cuando su madrastra buscó dar la estocada final. Tomó a Galya de los hombros y cabizbaja le dijo, Visité a Samuel hace unos meses en Barcelona. Tengo que confesarte la absoluta verdad, aunque me duela por ser mi hijo, lo encontré en la cárcel, era parte de una banda de ladrones. Entonces viviremos juntos en la cárcel, respondió Galya, maleta en mano y con el sombrero puesto.

Su padre tuvo que ceder, entendió que de no hacerlo perdería a su hija para siempre. La llevó a la estación del tren, la puso a cargo de una familia de conocidos que iba al mismo lugar. Le hizo prometer que antes de que Samuel la tocara, buscaría a un rabino que los casara como es debido. Le advirtió también que una vez que subiera a ese tren no había retorno. Lejos estaba de saber que serían ella y su futuro yerno quienes lo salvarían del viaje sin retorno a las cámaras de gas.

En esa época las niñas buenas se casaban con quienes sus padres decidían. No tenían opinión propia y definitivamente no cruzaban medio continente para encontrarse con un hombre. En esa época Galya hizo todo lo que no se hacía. Creo que ésa fue la única vez que tomó una decisión y por ello la recordaría como la gran aventura de su vida.

Corrían los años veinte, en España el único matrimonio existente era bajo la iglesia católica. Para los poquísimos judíos que vivían ahí, había una sinagoga y un rabino de medio pelo que dividía su tiempo entre Barcelona y pueblos aledaños, casando a unos, circuncidando a otros y enterrando a los atinados que se morían cuando él estaba cerca.

Galya llegó en uno de esos días en los que el rabino andaba en otro lugar. ¿Cómo cumplir la promesa hecha a su padre? Además la familia a la que se la habían encargado no toleraría ningún tipo de trampa, por inocente que pareciera. De pronto, como por arte de magia, Samuel encontró a un rabino que había llegado esa mañana desde Marruecos. El hombre aceptó formalizar el matrimonio y lo hizo en un hebreo que nadie entendía y que él aseguraba era una forma antigua de la lengua del libro sagrado. La ceremonia fue preciosa y, muy probablemente, falsa. Aunque Samuel nunca lo aceptó, todo indica que en su desesperación, y no dispuesto a esperar el regreso del rabino, el joven le pidió a un señor que había conocido en un bar que por una buena paga fingiera ser un religioso marroquí y los casara. El hombre dijo frases sueltas, quizá hasta recitó la letra de alguna canción flamenca, lo que fuera que sonara poético y serio. Al final entregó a la feliz pareja unos anillos y les permitió darse el primer beso. Despidieron a los chaperones y se dirigieron a seguir el resto de su existencia juntos.

8

Samuel y Galya pusieron una tienda de ropa. Galya diseñaba y Samuel administraba. Muy pronto se hicieron famosos por tener modelos exclusivos, piezas únicas, carísimas, que las esposas de los millonarios catalanes se peleaban cada temporada. Galya era cercana a una condesa con la que regularmente tomaba té. El pasatiempo favorito de la aristócrata era contar chismes y criticar a las otras mujeres con títulos nobiliarios que formaban su círculo íntimo de "amigas". Un día, en una de esas charlas, la condesa le dijo que había escuchado que unos judíos habían llegado a Barcelona y pretendían vivir en una de las zonas exclusivas de la ciudad, la mujer se rio vociferando que los marranos deben quedarse en sus corrales. Galya se paró muy ofendida. Yo soy judía, le dijo. Todos tenemos raíces judías, respondió la condesa, pero nuestros antepasados ya corrigieron el error y se convirtieron a la verdadera religión. Hoy no existen judíos en España, gracias a Dios los mataron en la Inquisición.

Galya llegó a su casa, azotó la puerta y expresó, contundente, Nos vamos de aquí. No escapé de Polonia para venir a un lugar en el que también nos van a perseguir.

Optaron por México. Al parecer se vivía bien en ese lugar que con dificultad podrían identificar en un mapamundi, pero que era, a fin de cuentas, América.

Samuel y Galya estuvieron juntos más de sesenta años. Tuvieron dos hijos. Y ahí es cuando la vida de los viejos se cruza con la mía; su primogénito es mi padre.

9

Recuerdo a mis compañeros de la primaria sentados, con el sándwich de su lunch a medio morder y los ojos enormes, escuchando los pormenores de una vida demasiado intensa como para caber en una niña de tan corta edad.

A la historia se fueron sumando momentos que en un principio desconocía por ser muy pequeña, después me ocultaban por ser adolescente y, siendo ya adulta, terminé por entender y apreciar. Incluso aplaudir. Digo que es mi vida pero en realidad los eventos los protagonizaron mis padres, yo sólo fui un fragmento de su tiradero.

Valeria y Leo se conocieron porque era inevitable. La comunidad judía de México era pequeñísima y la sección de europeos, aún más. Los hijos de dos de los hombres más ricos y admirados de ese círculo tenían que conocerse y enamorarse. No tuvieron otra opción.

Bueno, sí hubo otra. Se conocieron, se casaron, vivieron siete años juntos, tuvieron dos hijos. Jamás se enamoraron.

Hablar de incompatibilidad de caracteres es una nimiedad junto a lo que esos dos padecían, pero hicieron el intento. No sé para qué. Creo que ellos tampoco lo entienden.

Cuando lo platiqué con Leo, me confesó que debieron de haberse divorciado después de la primera noche que pasaron juntos en la luna de miel. Valeria, por su lado, dice que nunca se tendrían que haber casado.

10

El noviazgo duró varios años. No fue un matrimonio arreglado, al menos no en forma directa, pero tanto Leo como Valeria entendían que harían muy felices a sus familias si lograban amarse. Intentaron encontrar todos los puntos que tuvieran en común para convencerse de que su unión era designio de ángeles y dioses.

Leo es guapo, inteligente, sensible. Quiere ser pintor, su padre opina que sea arquitecto. Es arquitecto. Su papá es inmensamente rico.

Valeria es guapa, inteligente, estudia historia en la UNAM. Su padre quiere que sea hombre. Es mujer. Su papá es inmensamente rico.

Estamos hablando de los años cincuenta. Ellos pertenecen a la primera generación nacida en América, hijos de exiliados del dolor y el odio en Europa. Sus padres llegaron con lo puesto, sin un quinto. Tuvieron que luchar por cada peso, aprender un nuevo idioma y la forma singular en la que aquí se hacían las cosas. Esquivar la mirada ante las palabras de resentimiento, de racismo, de envidia. Hombro con hombro con otros inmigrantes que llegaban con los mismos miedos y las mismas ganas de romperle la cara a un destino que pretendía hacerlos cenizas.

De las calles del Centro pasaron a las de la Condesa, de las carretas repletas de mercancía comprada por aquí y por allá para vender por allá y por aquí, pasaron a fábricas y distribuidoras.

Aunque Valeria y Leo nacieron con el camino resuelto, cargaban las historias de miseria y frío que afloraban cada vez que se quedaba en el plato un pedazo de pollo o que se rompía, por andar de traviesos, la rodilla del pantalón, Tú no sabes lo que es pasar hambre. Tú no sabes lo que es la guerra. Si te hubiera tocado vivir aunque fuera un poco del dolor que yo sentí a tu edad, serías más considerado. Así que Valeria y Leo resolvieron vivir ese dolor casándose, tan sólo para darles gusto a sus padres. Al no ser los protagonistas heroicos de una historia como la que sufrieron sus antecesores, acordaron unir sus vidas para multiplicar las fortunas.

Mi papá tuvo que huir porque ya no había dinero para seguir viviendo en Kiev. Mi mamá salió cuando cada pogromo amenazaba su vida, el dolor de ellos estuvo en manos de otros, me cuenta mi mamá. Pero yo tomé la decisión sola; lo mío fue suicidio.

Leo dice lo mismo, con otras palabras, pero al final, en lo único en que coinciden es en lo absurda y dolorosa que resultó la decisión de unir sus vidas.

11

Abuelo, platícame la historia de tu primer gran negocio. La había escuchado cientos de veces, contada siempre con las mismas palabras, las mismas pausas, los mismos guiños de Moishe y refunfuños de Ana. Sabía que pedirle al viejo que me repitiera esos momentos de su juventud lo hacía feliz, y a mí me encantaba darle gusto.

Me enteré de que iba a llegar un cargamento de tubos muy grande que venía de Estados Unidos. Había que tener dinero en efectivo para comprarlo. El negocio siempre está en la compra, no en la venta. Que no se te olvide.

Llegué a la Estación de Ferrocarril Buenavista, afuera pasaban trolebuses y vendedores. Adentro, la estructura de metal era imponente, enorme y moderna.

A Moishe siempre le apasionó el fierro, en todas sus modalidades. Caminaba por las calles de las ciudades admirando las vigas y viguetas. Se detenía a ver, con la admiración de un curador de arte, la construcción metálica de museos y edificios.

Dos hombres esperaban la llegada del tren con la carga. Parecían fantasmas rodeados de bruma; fumaban y el humo de sus cigarros se unía al vaho de sus alientos. Me acerqué a ellos y me presenté. Quiero comprar el cargamento completo, en efectivo. Los hombres me miraron, después se vieron entre ellos, se alejaron y los vi discutir. El dinero que llevaba en mi bolsillo era hasta el último centavo ahorrado desde mi primer día en México. Sentí miedo, volvió la imagen de unas medias de seda, de la angustia de perderlo todo. En casa me esperaba mi mujer con una hija en brazos. No es lo mismo ser pobre cuando eres joven y sin compromisos, que cuando dependen de ti tus seres amados. Aquí mi abuelo fruncía el ceño, me miraba, daba un sorbo al té. Pausa solemne para dar más peso a las circunstancias. Quería que me quedara muy claro lo que sintió. Ya había confesado a dos desconocidos que llevaba una gran cantidad de dinero, los hombres podrían golpearlo y quitarle todo. Después se pintaba en su mirada una enorme sonrisa y el relato continuaba con la felicidad que sintió en el momento en el que su oferta fue aceptada.

Al verlos supo que había hecho un gran negocio. Eran preciosos, brillantes, resistentes. Vendió el cargamento completo al día siguiente a cuatro veces el precio de compra. Moishe regresó a su casa con la cantidad más exorbitante de dinero que jamás había poseído. Cuarenta mil dólares. Flotaba, presumía sus dotes de negociador, su intuición infalible. Ana estaba feliz, sabía que esa cantidad le aseguraba no volver a sufrir hambre.

Al día siguiente Moishe acompañó a Ana a guardar el dinero en una caja fuerte en el banco. Por ser mujer, no le permitían hacer sola el trámite, así que el hombre cerró el trato y le entregó a su esposa los dos juegos de llaves. Ahora ella era la guardiana única de la recién adquirida fortuna familiar.

Abundó la felicidad y armonía durante algunos meses. Moishe siguió trabajando, Ana continuó yendo al banco cada mañana a revisar que su dinero aún estuviera ahí.

Una tarde mi abuelo se enteró de la llegada de otro cargamento de tubos, mucho más grande que el primero. Se había dado cuenta de que los tubos, válvulas y conexiones eran indispensables en cualquier construcción y la Ciudad de México irrumpía en una época de prosperidad como nunca antes se había conocido. Brotaban hombres ricos que hicieron sus fortunas gracias a una revolución que sólo revolcó a los pobres y los dejó más sedientos y que afianzó los patrimonios de los que siempre ganan. La riqueza se tenía que presumir, que los vecinos se retorcieran de envidia al ver las enormes casas con ventanales de cantera, los edificios cada vez más altos.

Moisés estaba aferrado en hacer progresar ese negocio que nadie más parecía haber visto. Ana, necesito que me des el dinero, hay una gran oportunidad para comprar un nuevo cargamento. Te lo devuelvo en cuanto se venda la mercancía.

Cuando mi abuelo llegaba a esa parte de la historia, mi abuela, que durante todo el relato iba y venía, levantaba platos, servía té y mermelada de fresa y miraba a su esposo de reojo y con reproche, no se aguantaba y vociferaba, Por supuesto que no se lo di. ¡No me lo dio!, gritaba Moishe. Era la mejor oportunidad, los cuarenta mil dólares se iban a convertir en cien mil y ¡no me lo dio! Ana lo ignoró entonces y lo ignoraba cada vez que él contaba el episodio, poniéndose lívido de enojo.

Moishe consiguió el dinero por otro lado y empezó así su fortuna. Pero hasta sus últimos días siguió reclamándole a Ana el no haberle dado los cuarenta mil dólares, y ella siguió convencida de que su decisión había sido la sensata.

Aún no eran ricos, pero con ese dinero en la caja fuerte jamás volverían a ser pobres. Mi abuela no logró estudiar para dentista, pero se volvió la mejor financiera que he conocido. La recuerdo viejita y vivísima sentada en una enorme oficina, discutiendo con los elegantes y poderosos banqueros la tasa de interés que quería que le dieran. Ellos le hablaban primero condescendientes, como se le habla a un niño, pero al poco tiempo se daban cuenta de que no tendrían forma de negarse, la mujer conocía todos los vericuetos de la banca y siempre terminaban por darle lo que les pedía. Mi abuela era pequeña, no creo que midiera más de un metro y medio, pero cuando hablaba como mujer de negocios se volvía enorme e invencible.

12

Durante meses se habló del gran día. Los invitados a la boda de Valeria y Leo se sentían especiales y presumían ante los rechazados la invitación rotulada a mano, el vestido y las joyas que se pondrían esa noche. La comunidad giraba en torno al momento en el que la pareja del año se uniría en lo que parecía ser un cuento de hadas.

El cuello largo y delgado de Valeria me recuerda a Audrey Hepburn, en especial con el collar de brillantes que le regaló su suegro. Vestido de terciopelo blanco con aplicaciones de encaje, hecho a la medida por la modista del momento. Sonríe como debe hacerlo cualquier novia feliz por la nueva vida que va a empezar junto al hombre "de sus sueños".

Leo lleva un frac, el Rolex nuevo que le entregó el papá de su novia cuando dijo, Sí acepto, en la ceremonia civil que se realizó unas semanas antes. Leo también lleva puesta la máscara con la enorme sonrisa del novio entusiasmado.

El evento cumple las expectativas de los invitados y los anfitriones. Samuel y Moishe se abrazan. Un buen negocio se cierra con palmadas en la espalda y guiños cómplices.

Se alzan las copas de champagne.

Leo y Valeria bailan el vals, por ahí se cuela un beso tímido.

La torre y el rey se enrocan. El caballo se come al peón.

13

Valeria se preparó como toda mujer debe hacerlo para convertirse en la esposa del que será para siempre su amo y señor; ropa nueva, camisones con encaje de *Dogny*, mañanitas para salir de la cama, collares de perlas. Empacó con esmero la maleta. Siempre le ha encantado viajar, y conocer Japón la llenó de entusiasmo. Un plan perfecto, excepto por el hombre junto al cual juró estar por el resto de sus días, esos días que de pronto, entre las olas turbulentas y el insoportable mareo, parecieron eternos.

Leo empacó con menos esmero. Japón le daba flojera, pero sonaba bien ante la sociedad decir que la luna de miel sería al otro lado del planeta, y al padre de Leo siempre le gustó que las cosas sonaran bien.

Un día antes traté de cancelar la boda, me cuenta mi papá. Sabía perfectamente que estaba a punto de cometer un error terrible y de lastimar a las personas que más quería en mi vida, entre ellas a tu mamá. Porque eso sí, Leo siempre acepta haber querido mucho a la hermosa niña con la que creyó poder compartir la vida. Sí, claro que la quería, pero no estaba listo para amarrar mi vida, aún soñaba con la posibilidad de ser pintor, de viajar, de tener una existencia como las que se leen en las novelas de aventuras y que nunca incluyen una boda como la que mis padres y suegros habían organizado.

Fui con mi madre y le expliqué que sería mejor cancelar el evento. Ella me respondió con tristeza pero apoyando mi decisión, Si tienes dudas no debes casarte, el matrimonio es un paso muy serio. Juntos caminamos hasta la oficina de mi papá. Cuando entramos, Samuel levantó la mirada de unos papeles que leía con esmero, en ese momento la idea de cancelar la boda dejó de parecerme tan buena. Aún menos cuando él, con la tranquilidad, por no decir frialdad que lo caracterizó siempre, especialmente en los momentos más turbulentos, me dijo, Estás nervioso, es normal.

Ya vete a descansar, mañana te espera un gran día. Mi mamá y yo dimos media vuelta y salimos a preparar los últimos detalles de lo que sí resultó ser uno de los días más importantes de mi vida… por todas las razones equivocadas.

Después de una gran boda tiene que haber una gran luna de miel. Y ahí es donde empiezan los problemas. Las versiones de mis padres son muy distintas. En esta historia las interpretaciones son siempre diferentes. Estoy segura de que las dos realidades son absolutamente verdaderas para cada uno de los antagonistas. ¿Podría yo tomar partido?

Valeria insiste en que la llevaron a Japón en un barco de cuarta categoría, embutida en un camarote con literas. ¡Literas! Mi papá se ríe, acepta haber ido a Japón, también acepta que el barco no era lo esperado, El agente de viajes nos vio la cara, porque créeme que Samuel pagó por el mejor barco y la suite nupcial, y es verdad que llegamos a un barco bastante feo, pero de ahí a literas… En lo que los dos están de acuerdo es en que cada día de ese viaje fue un martirio.

14

Fueron novios dos o tres años y, por supuesto, nunca hicieron el amor. Las "niñas bien" en los años cincuenta no se acostaban con sus novios y los "niños bien" se acostaban con las novias de otros, pero nunca con las propias. La realidad es que no se entendieron. No se entendieron en nada, pero los desazones empezaron en la cama. Eso me lo contó Leo; para mi mamá hablar de "esas cosas" resulta incómodo. Mi papá me cuenta que Valeria pidió tener cuartos separados en la suite nupcial del hotel en el que pasarían su primera noche. ¡¿Cuartos separados?!, grita Valeria cuando se lo pregunto. Si ni siquiera pagaron por boletos de primera clase en el avión, ¿tú crees que iban a pagar por dos cuartos? Y de ahí se sigue con una letanía que nada tiene que ver con ese incidente. Cualquier otra historia para evitar hablar de "esas cosas".

Terminó la boda. De una u otra forma pasaron la primera noche en San Francisco. Al despertar recuerda que ahora ella es la señora de… y además juró que lo sería por siempre. Las cosas empeoraron por minuto. Estuvo mareada los veinticinco días de travesía en el crucero. Supongo que ni el mejor de los amantes puede hacer que alguien disfrute cuando las náuseas invaden el cuerpo. ¿Se habrá mareado por los movimientos del barco o por el oleaje de dudas que la ahogaba?

El hecho —y eso lo confirman ambos— es que Valeria se pasó su luna de miel metida en la enfermería, comiendo galletitas saladas y té. Vomitando una realidad que nunca logró digerir.

Al llegar a Japón, por algunos instantes, las cosas mejoraron. Valeria y Leo son cultos, curiosos y aman viajar, así que un paseo por el Oriente es perfecto. Visitaron museos y sitios emblemáticos, compraron adornos y muebles. Valeria decidió tener un cuarto japonés, recrear una casa de Kioto en las Lomas de Chapultepec. Compraron una mesa de laca negra, utensilios, una vajilla, *tansus* firmados por grandes pinceles. Varios contenedores repletos de historias, de mentiras que unos necesitan contar y otros quieren escuchar. Él y ella, vestidos con kimonos de seda, recibirán a sus invitados; Valeria les servirá té como una auténtica geisha y Leo cocinará sukiyaki. La pareja perfecta... ¡ya lo decía yo!

Porque, eso sí, los vómitos se quedaron en el camarote, el rencor se fue disimulando con nuevos viajes, otra cena con amigos, una fotografía en la Torre Eiffel, charlas en las que cada uno presumía la felicidad compartida.

Y después de dos años, la cereza en el pastel: nace su primer hijo. El bebé fue hombre, cumpliendo así las más veneradas tradiciones. Con un varón se preserva el apellido, se comienza una familia como debe ser. Otra vez cientos de invitados... el Brit Milá, ritual en el que se le hace la circuncisión al recién nacido, es una nueva excusa para una gran fiesta que ponga de manifiesto la riqueza familiar y el enorme amor que se tiene la pareja. ¡Perfecto!

Además, porque Valeria y Leo no iban a tener un hijo cualquiera, el niño nació precioso, ojos verdes, pestañas larguísimas, cachetón y lleno de lonjas. Un bebé de anuncio, decían todos. Mi hermano llegó a coronar el círculo familiar. Bueno, casi... faltaba la niña, porque los matrimonios perfectos siempre son felices, guapos, ricos y tienen a la parejita. O sea que faltaba yo. Pero yo tardé un rato más en llegar.

Mientras tanto fueron ocurriendo las historias que conforman las vidas y, a veces, la literatura.

15

Después de tener a su hijo, Valeria siguió atendiendo clases en la UNAM. Terminó la carrera de historia y continuó con la maestría y el doctorado. Inquieta y entusiasta, no iba a ser un ama de casa tradicional. Todos los días llevaba a la facultad a su bebé, lo dejaba al cuidado de una nana vestida de uniforme y cofia, que lo paseaba por los jardines en su carriola azul marino importada de Francia. Supongo que señalar las contradicciones de la situación resultaría redundante.

Leo trabaja con su papá en una constructora que levanta edificios como si fueran matorrales, no hay terreno que se les escape. Una nueva colonia llamada Polanco se va plagando de inmuebles construidos por ellos. Más y más dinero. Nunca es suficiente.

Juntos, Valeria y Leo se ven perfectos.

Pero dentro, ahí donde se hacen añicos los simulacros, ahí, las cosas van cada vez peor. Se cierra la puerta del departamento y se abre una discusión perpetua. A Valeria nada de lo que hace Leo le parece bien, y lo que ella hace, a él le es indiferente. Supongo que Leo hubiera continuado así, no sabía que la realidad podía ser distinta. Finalmente así vivían sus papás y la mayoría de sus amigos. Eso implica estar casados, ¿no?

Me recuerdo en el patio de la escuela contando a mis amigos esta historia. Despacio. Poco a poco revelo unos datos y oculto otros. Cuando veo a mi audiencia con mirada de conejo lampareado, disminuyo la velocidad de la narración y comienzo a hablar de asuntos triviales, esperando la campana que nos obliga a regresar a clases. Aseguro así que me rogarán que continúe al día siguiente. Supongo que me gustaba la atención, pero más me atraía darme

cuenta de que las palabras pueden divertir, asustar, enamorar...
pueden crear y destruir vidas.

Hace muchos años le dije a mi abuela Ana que algún día escribiría esta novela. No lo hagas hasta que me muera, respondió, categórica. Ahora que no está, ya tengo permiso. Al hacer el intento de acomodar los sucesos, descubro que era más fácil antes, cuando tenía una audiencia cautiva de niños, mucho menos información y mucho menos prudencia.

La mesa es redonda. De caoba. Cabe apenas un teléfono gris de disco. Miro hacia arriba, a esa edad todo se mira hacia arriba. Mi hermano y yo escuchamos angustiados las palabras que nuestro padre dice en el auricular. Tus hijos te quieren ver, ¿por qué no los recibes aunque sea un ratito? Paseo la mirada de uno al otro sin entender muy bien lo que siento. Lo que siento duele.

16

¿Qué es un papá? ¿El que te engendra? ¿Aquel que te cuida? ¿Quien te guía en los primeros años de vida o el que te acompaña después?

Crecí con una idea difusa de la paternidad. Mi conflicto, durante muchos años, fue el apellido. Por nacimiento me correspondía uno, que resultaba ser el de los adversarios. Tan sólo mencionarlo producía malestar. Por supuesto que así yo no quería llamarme. El otro, el de los "buenos", no me correspondía.

Hace algunos años una persona me preguntó mi apellido. Es complicado, respondí. Nací con uno, crecí con otro, me casé con un tercero y finalmente decidí seguir el resto del camino con uno diferente.

El problema, en realidad, no es el nombre familiar, el verdadero apuro consiste en decidir qué es un papá. Fue alguien cuando nací y otro cuando cumplí cinco años, en mi adolescencia lo hubiera retratado de una forma muy distinta a la que lo hago hoy.

Y es que a veces un padre te engendra y otras decide ser papá y te orienta. Cuando coinciden, todo se facilita; cuando no, se escribe una novela.

17

Te llaman. Descuelgo la bocina. Te quiero ver, dice Leo. Yo tengo trece años, han pasado seis de la última vez que nos vimos, desde entonces no hubo contacto. Poco a poco decidí que tendría que ser Carlos el que interpretara el papel de papá. Alguien a quien no has visto la mitad de tu vida no alcanza para mantener la ilusión.

Carlos se convirtió en mi padre, adopté su apellido como propio. Me cambié de escuela, dejé atrás a los que me conocían con el nombre de antes, a los que habían vivido, recreo tras recreo, la composición de lo que sería, años y años después, esta novela.

La llamada de Leo me sustrajo por completo del precario balance en el que transitaba.

Se lo comenté a mi mamá y ella, en una postura de falsa ecuanimidad, me dijo, Si te quiere ver que venga a la casa, tú no vas a ir con él a ningún lado. Entendí su miedo. Le vi la mirada descompuesta y sentí el dolor de sus recuerdos. Por primera vez me di cuenta de que su viaje, sus experiencias, sus memorias no serán jamás las mías.

No lo dejé subir a la sala, recibí a Leo en un cuarto separado del resto de la casa. No le ofrecí ni agua. Te quiero, me gustaría que fuéramos amigos, quisiera verte más seguido. Mis respuestas fueron igual de frías que el cuarto. Réplicas oscuras, desoladas que vienen desde un rencor malentendido. Llevaba seis años viviendo sin él y ni siquiera recordaba muy bien lo que había sucedido. No podía odiarlo porque no lo conocía, era mi papá, pero había decidido sustituirlo y durante algunos años la pantomima funcionó.

Leo se fue. Triste, supongo.

No lo sé.

18

Cuando yo nací, el niño regordete de ojos verdes y larguísimas pestañas ya estaba en el kínder, ganando diplomas y estrellas en la frente. Además de bonito, era brillante.

Llegué yo. Flacucha y despeinada. Eso me lo cuenta Valeria. Si con el amor ciego que nos tienen nuestras madres ella me veía así, imaginen lo fea que estaba. Se va a mejorar cuando le salgan los dientes, les decía a sus amistades, disculpándose por el traspié, después de lo bien que le había salido su primogénito.

Mi mamá me engendró para ser mujer, para ser hermana y acompañar a su hijo en lo que vendría después y para ser, como ella siempre dice, su seguro de vejez.

Angelina. Permanecen sus manos rasposas peinando mis trenzas y su olor a crema de pueblo para curar las reumas. Mi nana me cuenta que yo era la niña de los ojos de mi papá.

Angelina llegó a trabajar a la casa cuando nació mi hermano y siguió junto a nosotros para siempre. Me cuidó, cuidó a mis hijos y cuidó, incluso, la imagen de mi papá cuando yo quería seguir odiándolo.

Un día mi nana decidió hablar. Tal vez porque ya se estaba haciendo vieja y con la edad perdió la prudencia o, quizá, porque deseaba que yo supiera las muchas versiones, las infinitas verdades de mi historia.

Entré a la cocina. Me serví un plato de arroz y albóndigas y cuando estaba por dar el primer bocado, mi nana soltó la frase, así, de la nada, Tú papá te adoraba. No supe muy bien cómo reaccionar, después de todo ella estaba enterada de la saga completa, vivió junto a ellos la turbulencia del matrimonio, lavó las sábanas impregnadas de enojos amordazados. Sintió el aire gélido de las pretensiones y estuvo ahí el día en que nuestra vida se tornó en un viaje del cual todos salimos lacerados.

Ella sabe que a fuerzas de repetirlo y tratar de creerlo, mi papá es Carlos, que no quiero tener otro, que para mí no existe lo que pasó antes. Estaba a punto de decirle, No me interesa, pero algo me hizo callar y escuchar.

Supe, a través de su relato, que mi papá estaba loco de alegría cuando nací. Con la llegada de su hija se cumplían todas sus expectativas. Tener dos hijos, una esposa guapa, dinero suficiente para vivir tranquilo toda su vida, un buen grupo de amigos y el sueño de ser algún día pintor o cineasta, le parecía la mejor vida a la que podría aspirar. Cuando tu papá te cargaba se le llenaban los ojos de contento, me dice Angelina.

Despacio, pongo media albóndiga en una tortilla recién echada, la hago taco, doy una mordida y el caldillo se chorrea entre mis dedos, trato de evitar el escurrimiento y de pronto el taco se desbarata y la albóndiga cae en mi pierna. Lloro.

Sigo llorando.

Mi nana se siente un poco culpable. Sin embargo entiende que era importante decirlo. Comprende que algún día voy a estar interesada en conocer todas las historias, sin tomar partido, sin generar odios, simplemente tener los fragmentos para poder armar un escenario en el que cada quien tiene sus motivos.

Me pasa un kleenex.

Tu papá sigue vivo, me dice, al tiempo que se levanta de su banquito y sale de la cocina dejándome embarrada de albóndiga, de lágrimas y de una tremenda incertidumbre.

19

Pasaron más de veinte años para volver a ver a mi papá y, esta vez, fui yo quien decidió buscarlo.

Acababa de morir su madre. Supongo que debería decir mi abuela, pero no logro recordar cuándo fue la última vez que la llamé así.

No tenía por qué ir a dar el pésame, no era mi familia, llevaba una vida lejos de ellos, ignorándolos en el mejor de los casos, odiándolos la mayoría de las veces.

Siempre que me preguntaban ¿quién es tu papá?, no sabía qué responder. Es asombrosa la frecuencia con la que hacen esa pregunta los adultos a cualquier niño que se atraviesa en su camino. ¿Quién es tu papá? Y me enfurece no poder responder como lo hacen mis amigos, no poder decir, al menos, mi papá se murió. No, yo tenía que decir que era uno que no era, o decir que era el otro, que, en realidad, tampoco lo era. Un padrastro precioso, amoroso, generoso... pero padrastro al fin. Un papá ausente, quizá malo... pero papá al fin.

Decido ir a casa del abuelo. La excusa que me invento es que voy a ir a dar mis condolencias. La realidad es que quiero ver a Leo. Mi esposo me mira. Lo único que alcanza a preguntar es si necesito que venga conmigo. Le digo que no. Esto es algo que debo hacer sola.

Llego a un edificio viejo que aún recuerda la grandeza de los años en que lo construyó Samuel. Tomo el elevador. La puerta se abre en el penthouse. Pisos de mármol de Carrara y celosías de *boiserie*. Muebles y adornos seleccionados por el mejor decorador del momento, espejos, sillones de plumas y al fondo, dos óleos sobre la chimenea, uno de Samuel y otro de Galya, colocados estratégicamente para ser admirados por los invitados.

Me quedo parada sin saber qué hacer. Cuando estoy a punto de volver a entrar al elevador y olvidar todo el asunto, veo a una mujer muy anciana cargando una charola con café. Se detiene, abre los ojos y con un chillido llama a mi papá.

Señor Leo, aquí está su hija.

Camino hacia el lugar en el que están reunidas las visitas. Saludo a una o dos que de inmediato intercambian miradas llenas de chisme. Y ahí, inmóvil, con cara cansada, está Leo. Siento mucho la muerte de tu mamá, le digo.

Empezó así la segunda parte de esta historia, la parte en la que él me ha ido contando su punto de vista, sus razones. Sobre todo, sus emociones.

Unos días después del primer encuentro, quedamos de ir a cenar. Curioso verlo como un primer encuentro cuando hablo de quien me engendró. Llego puntual al restaurante, Leo ya espera. Me acerco cautelosa. Los dos sonreímos para tratar de ocultar los nervios, pero ambos sabemos que el otro siente lo mismo.

Lo saludo y me siento enfrente. Cuéntame, me dice, cómo están tus hijos, tu marido. Lo detengo en seco. La verdad, respondo sin rodeos, tengo muchos amigos con quienes hablar de banalidades. Contigo no quiero eso. Sé que es quizá muy tarde para que seas mi papá, pero alguna modalidad podremos encontrar en nuestra relación. Si vamos a seguir tiene que ser desde adentro. Aunque duela.

Quiero saber por qué te fuiste de nuestras vidas, por qué ya nunca nos buscaste, por qué siento a Carlos más papá que a ti, por qué lo permitiste. Quiero saber en qué momento decidiste que secuestrarnos era una buena idea… Necesito saber.

Leo me respondió. Despacio.

El Viaje de los Niños.

Así lo llama Valeria. El Viaje de los Niños.

Ese día cumplí cinco años.

Ese sí es un hecho irrefutable.

El día anterior, mi mamá hizo una fiesta con mis amigos y un pastel en forma de mariposa, cubierto con crema batida rosa. Con chochitos. De eso tengo una fotografía. Estoy peinada con coletas y moños, llevo un vestido de bolitas con un corbatín rojo. En la fotografía aparezco sentada viendo hacia un escenario (eso ya es inventado, porque el escenario no sale en la foto), supongo que veo un show. Valeria me dice que era un show de títeres... me cuenta que yo estaba feliz. Recuerda que me fui a dormir muy emocionada por los regalos que recibí. Lo único que puedo comprobar es lo que veo en la imagen. Tengo cinco años recién estrenados y crema batida rosa en la boca.

El resto de la historia no está fotografiada. A veces se me ocurre que deberíamos cargar siempre una cámara y una grabadora. Sería la única forma de conocer la realidad que resulta tan confusa al paso de los años y del cincel de los enojos, de los inventos, de los dolores, de las ganas.

Y, sin embargo, aun si fuera posible fotografiar cada instante, unos lo harían hacia un ángulo y otros hacia el otro. Unos retratarían el amanecer y otros, el suelo.

Mi papá nos recoge. ¡Nos vamos de viaje! ¿Y mamá?, debo haber preguntado.

Ella no viene.

La mesa es redonda. De caoba. Cabe apenas un teléfono gris de disco. Miro hacia arriba. A esa edad todo se mira hacia arriba. Mi hermano y yo escuchamos angustiados las palabras que nuestro padre dice al auricular, Tus hijos te quieren ver, ¿por qué no los recibes aunque sea un ratito? Quiero hablar con mamá, digo entre dientes. Mi hermano me abraza, yo también quiero, me murmura. Mi padre cuelga el teléfono. Lo miro esperando una respuesta o una explicación que no llega. Me voy para que no descubra que estoy llorando. No se vale llorar cuando estás de viaje con tu papá.

21

El Viaje de los Niños.

El Viaje que hicimos por un mundo enorme, de calles mojadas. El Viaje que hicimos con un hombre que entonces era nuestro papá, cargando la ausencia de una mujer que perdía el halo de mamá y se volvía el enemigo.

No vayan a creer que fue un impulso, una decisión espontánea. No. Hubo mucha planeación. Leo me cuenta cómo decidió que nos iba a separar de nuestra madre. Nos iba a salvar de una vida nociva. Y, además, ella merecía un castigo.

¿Y nosotros? Me pregunto si durante los meses de organización mi papá se cuestionó el daño que nos iba a hacer.

Las explicaciones han ido cambiando. El resultado es el mismo. Un Viaje que durante dos años nos separó de todo lo conocido y nos llevó a los extremos más oscuros del cuestionamiento, de la duda, del amor y el odio fluctuando de un lado al otro. Una y otra y otra vez.

El Viaje.

Mi abuelo Samuel recibe en su oficina a un funcionario que lo mira asombrado al escuchar la orden, Necesito lo más pronto posible dos pasaportes falsos de mis nietos. No espera respuesta, extiende la mano y le entrega dos fotografías, dos actas de nacimiento y un sobre hinchado de dinero. Supongo que esto cubrirá el costo del trámite, si falta algo me avisa. El hombre se inclina y sale de la oficina sin haber emitido ni una palabra.

Mi tía se encarga de comprar ropa. Una maleta para mi hermano, otra para mí. Muchos juguetes para mí, libros para mi hermano. Un portafolio con los documentos recién fabricados.

Al tiempo en que mi mamá cocina un pastel en forma de mariposa, cubierto de crema batida rosa y chochitos, se conjeturan los entresijos para arrancarnos para siempre de su lado. ¡Flash! Una fotografía, mi boca llena de betún.

Nos subimos al coche. Leo le había dicho a Valeria que iríamos a pasar el fin de semana a Valle de Bravo. Dice, también, que nosotros ya sabíamos que El Viaje sería mucho más largo. Me cuenta que algún día nos preguntó si estábamos de acuerdo en irnos con él muy muy lejos y que nosotros dijimos que sí.

Fue nuestra decisión. ¿En serio? ¿Realmente se cree esa historia? Nuestras edades eran aún de un solo dígito. No alcanzábamos la repisa de arriba de la alacena. Cada mañana mi nana me bañaba y me peinaba porque yo no sabía hacerlo sola. ¿Quieren dejar todo, incluyendo a su mamá, para irnos a viajar por el mundo? Ustedes aceptaron, reafirma mi papá, muy convencido de su explicación.

Me veo sentada en el avión, en el asiento enorme de primera clase. Estoy emocionada abriendo la caja de una muñeca preciosa, con olor a talco y vestida de encajes. Ya no abrí mis regalos de cumpleaños, le digo a mi papá. No te preocupes, te voy a comprar lo que quieras. Hay que pedirle a mamá que me los traiga cuando venga, respondí.

22

El problema es que el día de las madres se celebra en casi todos los países del mundo en fechas diferentes. Eso quiere decir que si estás viajando de país en país, te puede tocar la "suerte" de celebrar tres o más días de las madres el mismo año.

Y siempre hay algún niño que te lo recuerda.

Siempre.

Me trataba de convencer de que no me hacía falta mi mamá, finalmente hay muchos niños que no la tienen.

Me recuerdo haciendo un marco de fotos usando semillas, sopa de pasta cruda y colores. Pegábamos, pintábamos y un poco de la pintura se diluía con alguna de mis lágrimas maniáticas que se escapaban, por más duro que apretaba los ojos.

A la salida me espera mi papá con una gran sonrisa y lleno de planes para entretenernos, probablemente ni siquiera sabe que se celebra el día de madres francesas, ¿africanas?, ¿italianas? Tiro el marco de pastitas y semillas en el bote de basura. Aviento ahí el enojo, la tristeza, el miedo… el revoltillo de emociones que le pueden caber a una niña de cinco o seis años.

Y sí, hacíamos cosas divertidas.

Y pasaba.

Y a la mañana siguiente ya dolía menos.

Hoy, para mi mamá, el día de las madres es el más importante del año. Desde que volvimos, recuerdo que mi hermano y yo nos desvivíamos por hacer una carta preciosa y comprar un regalo que intentara expulsar el dolor que mi mamá sintió cuando estuvimos en El Viaje.

23

La estancia en París fue de las más largas. Dio tiempo de inscribirnos en una escuela y pretender que esa vida era real. Cada mañana Leo nos llevaba a las puertas de L'École Bilingue Internationale, cada tarde nos recogía.

Un día decidí aprender a patinar. Compramos unos patines plateados y relucientes, con cuatro ruedas de metal. El tamaño se ajustaba con una llave que yo guardaba muy bien, para que me siguieran quedando cuando me creciera el pie. Quiero tener mis patines para siempre, le dije a mi papá. Pocas cosas son para siempre, respondió. No hice caso y guardé la llave. Para siempre.

En las mañanas me pongo los patines y Leo me lleva hasta el colegio. Cuando él no puede acompañarnos, vamos solos. L'École queda cerca del departamento. En una de esas ocasiones, mi hermano me lleva de la mano, rodándome por las calles de París. Cierra los ojos, me dice, yo te guío, es muy divertido. Por supuesto que le hago caso, mi hermano es mi único cómplice. A veces, antes de dormir, lloramos juntos.

El golpe en la frente fue seco. La sangre empezó a brotar de inmediato. En una distracción, mi hermano me estampó de lleno contra un poste. Recuerdo el barullo de las personas que parecen existir tan sólo para reunirse alrededor de los accidentes. No sé cómo llegó mi papá, pero al poco tiempo yo estaba en la sala de emergencias del hospital, con una paleta de dulce en la mano y cuatro puntadas en la frente. Conservo la cicatriz en la cara y otra, más honda, en algún lugar en el que se resquebrajan los héroes. Mi hermano, después de todo, también podía equivocarse, incluso cuando me aseguraba que mamá sí nos quería.

Cuando Leo nos inscribió en el colegio, le advirtió a la directora que nuestra madre estaba internada en un hospital psiquiátrico. A veces la dejan salir, pero es una persona peligrosa y muy agresiva. Si algún día se presenta aquí, es de vital importancia que no la deje ver a los niños y me avise de inmediato. Selló el compromiso con un cuantioso donativo.

El agente de la Interpol le informa a Valeria que estamos en París. Aún no sabían exactamente en dónde. Mientras el hombre explica que no hay que apresurarse, que será mejor esperar a tener más información, mi mamá saca a toda velocidad la maleta y mete en ella su ropa, cosas de baño y algunos poemas arrugados.

Tomó el primer avión que encontró. Entonces no estaba consciente de que la espera sería de meses, de esos meses que se extienden a través de las vísceras, de los que dejan pústulas y duelen y siguen doliendo.

Finalmente recibió la llamada. El agente le informa que los niños asisten a L'École Bilingue Internationale de París, en Rue de la Bourdonnée.

Tres días después llegó al lugar acompañada por su abogado, recién aterrizado, y choferes al volante de dos coches negros, largos, como los que se deben usar cuando se va a hacer un rescate.

Trató de ingresar con todo el séquito de guaruras y abogados, pero el policía de la entrada la detuvo. Ella le explicó la situación y le dijo que venía a recuperar a sus hijos. El *gendarme*, con una perfecta frialdad francesa, le dijo que tendría que pasar ella sola a hablar con la directora.

La llevaron a una oficina en la parte alta del edificio, rodeada de ventanas desde las cuales se podía ver el patio del colegio y los salones de clases. En un francés salpicado de angustia, con sollozos de los que salen desgarrando la cordura, Valeria le explicó a *Madame la Directrice* la situación. Efectivamente, como lo haría una loca recién salida del manicomio, con los ojos hinchados y vidriosos le contó una historia inverosímil, casi imposible. Relató cómo el padre de los niños había falsificado sus documentos para robarlos. Explicó con detalle lo que había sufrido durante más de un año para dar con su paradero y suplicó que se los devolviera.

La directora la tranquilizó, le pasó una caja de pañuelos desechables y le pidió que esperara mientras hacía traer a sus hijos.

En ese momento mi mamá creyó que se terminaba la pesadilla. Mi hermano y yo correríamos a sus brazos, la llenaríamos de besos. Ya en el coche, ella buscaría explicarnos su ausencia. Y regresaríamos a México.

Una familia feliz…

Desde la ventana de cristal Valeria observa el movimiento repentino de maestros y un policía que aparece de quién sabe dónde. De una puerta sale un niño, agarrado de la mano de una de las maestras. De otra, una niña de trenzas con cara asustada.

Valeria no logra escuchar lo que dicen, todos parecen hablar al mismo tiempo. Hay confusión y desorden. Entonces ve a Leo que entra corriendo.

A Valeria se le astilla el aliento.

No puede hacer nada. No tiene forma de llamar a su abogado que, junto con el séquito de guaruras, esperan pacientemente a que ella emerja tomando de la mano a sus hijos.

Sale de la oficina, una secretaria intenta detenerla, le dice palabras de consuelo en francés. Valeria la empuja y baja corriendo las escaleras. Llega en el momento en el que el último pliegue de mi vestido desaparece por la puerta de metal.

Ella cree haber visto mis ojos. Puede ser. Yo sólo vi dos coches negros con olor a desgracia.

24

Para mi madre, el evento del colegio es quizá el más traumático. Un año, ¿te imaginas lo que es contratar una y otra vez a un nuevo investigador, otro abogado que jura no venderse, volar a Ámsterdam, Nueva York y Alemania para descubrir que eran pistas falsas? Licenciados, peritos, policías, amigos y enemigos, varios astrólogos, una numeróloga y un montón de esperanzas descosidas. Después de un año sin vernos, nos tenía al alcance de sus dedos y nos volvimos a esfumar.

Para Leo, París fue una aventura divertida. Me cuenta de las actividades que hacíamos cada tarde y los fines de semana. ¿Te acuerdas de la primera vez que probaste un *escargot*?, me pregunta, soltando una carcajada. Te prometí que si te lo comías sin escupir iríamos a Au Nain Bleu, tu juguetería favorita, a comprar una muñeca que llevabas meses enamorando. Los que terminamos escupiendo de la risa fuimos tu hermano y yo al ver tu cara ponerse de todos colores, tus cachetes inflados y el gesto de triunfo cuando al fin pudiste tragar el bocado. Me cuenta también de las visitas al Bois de Boulogne, los viajes en tren a la *Provence* y lo felices que éramos en la escuela, haciendo amigos en francés. ¿Y aquella vez que mi mamá fue por nosotros? Para Leo fue tan sólo un inconveniente, nada grave. Tuvimos que agarrar nuestras chivas y salir cuando sentí demasiado cerca el peligro.

Ni siquiera tiene presente el momento en el que nos sacó del colegio, no parece recordar las súplicas de mi mamá. Pero Leo es así. Quizá todos somos así, reconstruimos en nuestras memorias tan sólo aquello que nos cabe en las entrañas sin que nos rasgue la culpa.

Yo evoco instantes. Coches negros. Miedo en la saliva. Recuerdo un poste. Y la llave de mis patines que se perdió. Para siempre.

De alguna forma, la turbulenta relación entre mis padres me tomó de las piernas, me levantó en el aire y me sacudió durante años. Viví El Viaje como se vive dentro del ojo de un huracán. Ahí, en el centro mismo de la desgracia hay calma y silencio, pero basta un ligero movimiento en falso para que, en segundos, todo se haga añicos.

Después, al paso de los años, los detalles, las causas, las circunstancias las escuché a una voz... lo que me platicaba Valeria era la única verdad.

Y como cualquier absoluto, hoy esas conclusiones se tiñen difusas.

Hoy la vida se ha acomodado. Hoy no importa lo que pasó.

Y, sin embargo, importa.

25

Forjados ya por el paso de varias décadas, de las vidas hechas, de los finales resueltos, mi mamá, mi hermano y yo vamos de vacaciones a París. Ella y yo compartimos habitación. Estoy en el proceso de escribir esta historia y busco información. Le pregunto a mi hermano, observo reacciones, necesito obtener el mayor número de datos, porque aún creo que estoy escribiendo una historia real y trato de ser muy precisa. Decido que cada noche le preguntaré a Valeria.

Estamos acostadas lado a lado. Yo, un adulto que a través de la tinta busca acomodar una historia probablemente sin coherencia. Mi madre, agradecida por los instantes en los que estamos juntas. En esos momentos la mirada fugaz de la niña de trenzas, la directora de aquel colegio francés, mi hermano suspendido en un grito, se tornan en imágenes que, por lejanas, se acercan mucho a la ficción.

Cuéntame cómo te enamoraste de Carlos. Se lo pregunto así, sin preámbulos. Valeria me mira. Es complicado, me responde.

Es casi imposible descubrir, entre un tumulto de personas, a aquella que de inmediato sentimos nuestra. Una vez que el encuentro sucede, tampoco es sencillo que ambas partes se atrevan. En general, los seres que merecen estar juntos tienen que ganárselo. Eso dicen. Tal vez lo dicen aquellos que no se han atrevido.

El problema, o bendición, es que Valeria soñó ese primer beso tantas veces como Carlos. Es probable que lo soñaran al mismo tiempo. Seguramente el beso sucedió mucho antes de que la lengua de Carlos debilitara las piernas de Valeria. Así que, cuando al fin sucedió, todo lo demás ya estaba escrito.

Cuéntame.

Él me besó.

Empieza la danza de historias tantas veces mentidas. Hoy más reales que las que quizá ocurrieron.

Leo y yo, Carlos y su mujer fuimos a un salón de baile, el más famoso de la época. Éramos concuños y muy amigos. Carlos y yo nos paramos a bailar. Era algo que siempre ocurría porque a Leo y a su hermana no les gustaba bailar.

Me llevó a un rincón y ahí me besó.

Cuando me atreví a platicarle lo sucedido a mi mejor amiga, ella me miró como se ve a un ciervo antes de que el cazador le dé el tiro de gracia.

Ésta es una posible historia. Hay otras, siempre viables. Todas llevan a la misma realidad.

Valeria sigue resguardando los sucesos. Me imagino que no es fácil explicarle a tu hija cómo sucedió aquello que causó tanto zarandeo, supongo que siente algo de culpa, pero sé, sin la menor duda, que volvería a enamorarse una y otra vez, cuantas vidas apareciera en su camino, del hombre que escribía las más hermosas cartas de amor.

26

¿Por qué fuimos a África?

A mis cuates de primaria les narraba, Entonces llegamos a África, y ellos abrían sus ojos grandes para seguir escuchando. Con algunos tequilas, se lo platiqué a mis amigas. Entre sábanas revueltas, a algunos amores. Nadie me cuestionó, ¿Y por qué fueron a Sudáfrica? ¿Cómo se le ocurrió a tu papá llevarlos ahí en pleno apartheid?

Decido preguntarle. Le mando a Leo un correo que él responde de inmediato.

Cuando tuvimos que escapar de París, porque su mamá nos había encontrado, nos fuimos a Roma. Ahí me avisaron que nos buscaba la Interpol. Ésos no son sobornables. El abuelo y su equipo habían logrado distraer su atención y falsificar algunas pistas, pero era cuestión de tiempo.

En unos cuantos días todo estaba arreglado para volver a escapar. Un buen amigo de Samuel tenía una enorme mansión en Johannesburgo lista para recibirnos.

Fuimos a comprar chamarras de safari, tres boletos de avión y a sacar la visa. Llegamos al consulado. Nos piden que esperemos en la antesala. El lugar parece el patíbulo de una cárcel. Fue ahí donde supe por primera vez a qué huelen la injustica, el racismo y el miedo mezclados en un amasijo que enturbia los sentidos. Es un olor que se siente en la piel y se puede ver y que deja un sabor de impotencia. Pegadas a la pared hay varias sillas de madera que parecen haber sido diseñadas especialmente para ser lo más incómodas posible. En el salón esperan hombres y mujeres de ojos cansados y cuerpo encorvado. Leo platica con uno. Su interés por los desvalidos es innato; siempre se acerca al débil para tratar de ayudarlo. El hombre habla casi en susurros y con palabras sueltas. El iris negrísimo explota en la mirada de sangre y desvelo. En unos minutos mi papá se entera de que algunas de esas personas llevan ahí mas de dos días. El cónsul está muy ocupado y no puede atenderlos.

En menos de media hora escuchamos que la secretaria pronuncia nuestro apellido. Pasamos a la oficina del jefe quien al confirmar que somos blancos, pone los sellos sin mayores cuestionamientos. Salimos viendo hacia el suelo, caminando rápido para escapar. Sentimos el odio de aquellos que antes eran unos desconocidos y hoy pertenecen para siempre a nuestras memorias dolorosas. No podíamos hacer nada y, sin embargo, me sentí culpable por ser blanca, por ser rica, por tener privilegios que nunca hice nada por merecer.

Samuel tiene un equipo de gente trabajando, unos compran abogados, utilizan influencias, otros se encargan de mandar dinero, rentar departamentos, hacer llamadas. Veinticuatro horas al día se mueven los engranes para que El Viaje nos parezca un juego divertido.

¡Vamos a África, siempre he querido conocer ese país! Estoy emocionada. Desde que nací traigo en la sangre los genes de algún Marco Polo que ama los lugares exóticos. África no es un país, me dice mi hermano, otro Marco Polo pero más culto.

Leo nos cuenta historias divertidas. Nos ayuda a empacar. Está siempre sonriente. Pero eso sí, no crean que van a andar de flojos, tendrán una maestra todas las mañanas. Hacemos una mueca, pero estamos entusiasmados.

La primera parada de avión fue en el Congo Belga. De ahí, otro vuelo hasta completar treinta y seis horas de viaje y casi medio mundo de distancia para aterrizar en Johannesburgo.

Llegamos a casa del amigo Shabaan.

Shabaan conocía a una mujer argentina que se volvió nuestra institutriz. Creo que se llamaba Raquel, me dice Leo. Llamémosla así entonces. Raquel venía cada mañana a enseñarnos con unos libros de texto israelís traducidos al español.

No recuerdo a la maestra y estoy segura de que he olvidado lo que sea que haya aprendido de esos libros. Pero Sudáfrica es uno de los lugares de El Viaje que se impregnó en mis células. A pesar de tener apenas seis años, puedo evocar el verde que sólo emerge ahí, en las madrugadas mojadas. Puedo oler la humedad bañada en piel de animal salvaje, en carne desmembrada por los dientes afilados del círculo de la vida. Cualquier atardecer palidece ante un sol que se acuesta entre los árboles de copa plana de la sabana africana y el reflejo que ondula en el río. Un grupo de elefantes recorre las aguas, aparece la enorme cabeza de un hipopótamo, estremece el rugido de una leona que cazó una cebra y ahora podrá alimentar a su manada. El sol calla para permitir que se escuche la sinfonía más perfecta. Explotan rojos imposibles detrás de las siluetas negrísimas en un cielo que sólo existe ahí.

Leo me consiguió una perrita. De ella no tengo fotos, aunque sí imágenes que permanecen como quedan grabados los amores profundos.

Una bull terrier que parece cruza entre puerquito y cuasimodo, blanca con manchas cafés. Una perrita que trató de lamer de mis ojos el recuerdo de Oso, un maltés que me esperaba cada día a las tres de la tarde cuando regresaba a mi casa del colegio. Él nunca se dio por vencido. Creo que yo sí. Me colgué a mi nueva mascota al cuello y seguimos juntas hasta que hubo que volver a escapar. ¿Ella también me habrá extrañado?

La llamé Shed, que en hebreo quiere decir diablo.

Una de las imágenes que aparecen entre la bruma que desdibuja los eventos es la de una niña de pelo enredado y cara terrosa que corre por un camino de piedras. Me persigue Shed y me río. Quiero llegar a la casa a platicarle a mi hermano que conocí a unos niños que tienen muchos juguetes hechos de madera. Me enseñaron un arco que lanza flechas con puntas filosas. Nos van a explicar cómo hacerlos. Corro y de pronto siento en el pie un dolor rotundo, seco. Me caigo. Mi dedo gordo se atoró en una piedra y sangra muchísimo. Estoy sola, lloro pero nadie me escucha. Mi perrita se acerca y me lame la herida, está muy abierta y el dolor es terrible. Hoy casi puedo volver a sentirlo. Tengo una cicatriz confirmando que el recuerdo es real. A veces, por la noche, cuando al soñar elimino los filtros de la prudencia, presiento que mi llanto era también por mi mamá, que en aquel momento me habría abrazado fuerte. Un, Todo está bien, de ella, hacía que lo estuviera.

Me levanté y, cojeando, llegué hasta la casa. Me recibió Raquel, que hoy intuyo que era más novia de Leo que maestra nuestra, y me llevó al hospital a que me cosieran. Y ya son dos cicatrices, una en la frente y otra en el pie.

Vivimos en Johannesburgo tres meses.

Los días transcurrían en el letargo de los países que no tienen nada que perder. Mientras nosotros medio estudiábamos y aprendíamos a elaborar flechas con punta de piedra, mi papá se fue haciendo de un grupo de amigos muy singular. A Leo siempre le ha gustado salirse de la norma. Al ser el hijo de un millonario exitoso como Samuel, no le quedó más remedio que buscar ser distinto a su progenitor. Bohemio, comunista, de esos que lo son porque saben que jamás van a tener hambre. Un hombre preocupado por los débiles y en Sudáfrica, a principios de los años setenta, los débiles eran muchos y muy muy frágiles. Dos o tres veces por semana nos dejaba en casa con Raquel y él iba a reuniones de grupos antiapartheid, en los que se organizaban equipos de ayuda. La sangre negra de estos hombres sentía el dolor y la frustración de los suyos, su rostro blanco les daba permiso para intentar hacer alguna diferencia. A pesar de que muchas veces eran discriminados por ambos bandos y eso los llenaba aún más de rencor.

Después de las reuniones, Leo nos recogía y en ocasiones nos llevaba por comida portuguesa al malecón. Para llegar había que pasar una revisión por parte del ejército.

Uno de esos días, al abrir la cajuela, los soldados encontraron seis elepés de música de protesta. Hasta arriba del montón, Pete Seeger cantaba "We Shall Overcome", una canción que en todo el mundo encarnaba la esperanza y la lucha por la libertad. Pero en Sudáfrica la música era tan penalizada como un grito abierto o cualquier pensamiento prohibido que los policías podían oler a muchos metros de distancia.

El soldado tomó uno a uno los elepés, los miró por delante y por detrás. Leo observaba por el espejo retrovisor. ¿Qué son?, preguntó mi hermano. El silencio y las gotas de sudor de mi papá nos indicaron que no era momento de buscar explicaciones.

El militar cerró la cajuela. Se acercó a la ventanilla. Sigan, dijo. Leo no se dio cuenta de que desde ese momento lo incluyeron en una lista negra que nos puso en terrible peligro. Pensó que el militar había dejado pasar el incidente. Hoy sabemos que los bóeres nunca dejaron pasar nada. Era mejor matar a mil inocentes que dejar en libertad a un desgraciado protector de negros.

Un día el amigo Shabaan se enteró de que a la mañana siguiente se llevarían a Leo a la cárcel. Habían capturado a algunos de los jóvenes con los que se reunía y uno de ellos dio los nombres de los otros participantes.

En absoluto silencio, a la mitad de una noche que se evoca muy luminosa, demasiado como para esconderse, el chofer de Shabaan nos cargó, a mí debajo de un brazo y a mi hermano debajo del otro. Nos metió en una cajuela en donde mi papá ya estaba acomodado, suplicándonos permanecer en silencio. La perrita, sentada en el asiento delantero, lista para emprender, moviendo la cola, el paseo nocturno.

Leo guardaba un maletín atiborrado de dólares para cualquier emergencia. Samuel le había enseñado que todos tenemos un precio que generalmente se cotiza en billetes verdes. El maletín viajaba con nosotros y era lo primero que escondía cuando nos instalábamos en algún sitio nuevo. Alguna vez nos había dicho que si algo sucedía, ya sabíamos dónde estaba. ¿Qué puede pasar?, le preguntó mi hermano. Si ocurre lo vas a saber, respondió mi papá.

Tuvimos que dejar nuestras pertenencias. No podíamos salir con maletas porque esto levantaría sospechas. Sólo nosotros, Shed y el maletín. Desde la cajuela percibimos que el coche se detiene cada cierto tiempo y el chofer habla con los paramilitares Afrikáners a quienes conocemos a la perfección porque los hemos visto decenas de veces. Sudáfrica está repleta de retenes que siempre habíamos cruzado con un saludo de nuestras blanquísimas manos. Escuchamos el *click* que hacen los dos broches que protegen el salvoconducto, golpes en la cajuela y el chofer dando alguna excusa en afrikáans, No sirve, hace años que no abre, y entrega fajos verdes a los hombres que nos permiten continuar unos cuantos kilómetros más.

Unas horas después llegamos a Suazilandia, entonces protectorado británico y por lo mismo territorio intocable, aunque estuviera en medio de Sudáfrica.

Nos salvamos.

Volvimos a Europa. Cada uno de nosotros quedó marcado. Supongo que nuestras vidas son diferentes porque en algún momento se trasminan las imágenes de esos meses en el continente negro. Yo conservo una cicatriz en el dedo gordo, y otras en varias partes de los recuerdos.

La historia de África es central en mi relato. A veces, cuando los interlocutores son más escépticos o me siento mas histriónica, al Viaje lo llamo secuestro, Cuando mi papá nos secuestró… No hay quien se resista. Todos, invariablemente, responden, ¡¡¿Los secuestró?!!, así con varios signos de admiración. Y entonces empieza la narración. Al llegar a la parte de Sudáfrica los ojos de los escuchas se abren aún más… Todavía Europa es aceptable, pero llevarse a unos niños hasta África, en medio de una guerra civil, suena muy irresponsable. Sí lo fue… pero terminó, como generalmente sucede, tan sólo como una historia que contar.

Con algunos rasguños que cada vez se ven menos.

27

La relación de Valeria y Carlos me fue entrando en pequeñas dosis. A lo largo de los años, aquel que era mi tío se convirtió en padrastro y en algo bastante cercano a padre. Cuando regresamos a México él aparecía de repente, cada vez con mayor frecuencia. Después nos fuimos a una casa juntos. Si hoy creo en la existencia de las almas gemelas, es porque presencié de muy cerca su amor.

De su historia conozco lo que mi mamá me ha platicado a lo largo de los años, en realidad poco y confuso. Conozco, sobre todo, lo que se pegó a mi piel y a mis ganas de amar así, al verlos unidos en un a pesar de todo inquebrantable. Eran una pareja normal, discutían, se enojaban, se reconciliaban, pero las miradas cómplices, las caricias robadas, los pequeños sacrificios para hacer que el otro estuviera feliz, nunca dejaron de ser lo más poderoso.

Carlos fue un gran maestro. Me enseñó a querer con el amor que los otros necesitan y no con el que nosotros pretendemos dar. Me mostró que se puede incluir en el corazón a cualquiera, hasta a los que no lo merecen. Me sigue enseñando cosas hoy, tantos años después de su muerte, cuando en momentos de duda pregunto, ¿qué haría él?

Fue Carlos el que me contó su historia de amor. Cuando hablaba de la primera vez que vio a Valeria, de alguna canción que le dedicó, de lo mucho que sufrió su ausencia durante El Viaje, me daba cuenta de que el de ellos era un amor que llevaba al menos toda mi vida. Sin embargo, Valeria no le permitía decir mucho. Ella cambiaba las historias, confundía los eventos y platicaba un cuento de amor rosa, sin aspavientos y con fechas aceptables por una sociedad que critica aquello que no entiende.

Gracias a Carlos supe que no se equivocaron, aunque hubieran cometido errores. Entendí que luchar por un amor desesperadamente correcto se debe hacer aunque la forma resulte terriblemente incorrecta. Ni modo, al final el tiradero se levanta, algunos escombros se esconden debajo del tapete y aquellos que rumorean en los restaurantes empiezan a secretearse de otro, porque siempre hay un chisme más fresco y jugoso.

Mamita, platícame más de Carlos. ¿Para qué quieres saber?, me responde y cambia de tema. Me doy cuenta de que será difícil conocer su lado de la historia. Entiendo que no tiene importancia, porque puedo contarla desde ese lugar que existe en mis memorias y en mi imaginación.

La primera película que vimos juntos fue *Doctor Zhivago*. De inmediato recuerdo tantas veces que al estar en lugares en los que se tocaba música en vivo, Carlos pedía el "Tema de Lara".

La película es de 1965. Ups.

Es así como voy deshilvanando las hebras de algún comentario dicho al azar. Las frases mezcladas con garibaldis hace más de cuarenta años, algo que se le escapa al recato que le exigen a Carlos, algo más que Leo arroja con rabia.

28

Las guerras se combaten en varios frentes. Las tropas enemigas lo son para unos, no para otros. Las razones para clavar la bayoneta en un hombre idéntico a nosotros son las mismas. Y también la justificación al momento de ver brotar la sangre por la boca abierta y vencida, o de lanzar la bomba desde el resguardo de unas nubes.

Es por su bien. Por EL bien. Por nuestro bien.

Y pasa el tiempo. Nadie cede. Las semanas que ya son tantas se vuelven interminables porque ocupan otras estaciones, otros climas y, aunque queramos pensar que ya va a acabar, siempre hay una nueva bayoneta. Y sangre. Y nubes.

Cuando Valeria y mis abuelos se dieron cuenta de que sería imposible recuperarnos a través de investigadores privados, siempre ineficientes o vendidos, buscaron a las autoridades. En aquellos años no estaba claramente legislado el secuestro de menores de edad por parte de sus padres, y le daban aún menos importancia si el perpetrador era el hombre. Sin embargo, en esa época, como en todas, el dinero a montones hablaba más que mil súplicas y mientras mi madre lloraba, mi abuelo decidió acudir a la Interpol.

Una riña familiar y, además, con trapitos sucios que no se quieren lavar en público, no resulta interesante para la policía internacional. Sin embargo, los seres humanos respondemos a los estímulos que tocan fibras íntimas, en especial si son dolorosas. Moisés iba de un escritorio a otro. Le pedían llenar formularios que después metían a un cajón, en su cara, ni siquiera haciendo el intento de ocultar que las hojas irían a parar al basurero esa misma tarde.

Le pedían volver mañana, en tres días, la próxima semana, cuando llegue el director, no está el encargado, quizá sería mejor ir a otra dependencia. Mi abuelo se hizo una rutina, saliendo del trabajo iba a las diferentes oficinas, hacía las llamadas, llenaba las formas.

Esa tarde llegó al escritorio de una mujer de mediana edad con arrugas en la mirada. Moisés intuyó la tristeza oculta detrás del intento de sonrisa corporativa. Se sentó frente a su escritorio y le narró la historia. Le contó que Leo se había llevado a sus nietecitos y que no sabían nuestro paradero, le detalló fechas y datos. La mujer anotaba con tinta, fría, hasta que a Moisés se le partió la voz, Mi hija se está muriendo cada día y no podemos salvarla. En ese instante la secretaria se quebró, se abrió en ella una grieta de empatía, dejó de anotar, levantó el auricular, hizo dos llamadas, concertó citas y le dijo a mi abuelo que subiera al quinto piso a donde lo iba a recibir un agente.

No supimos qué detonó la reacción. Cada uno de los que conocemos la historia hemos inventado nuestro propio cuento. Seguro perdió un hijo. Yo creo que su esposo la maltrata, la debe de golpear. De chica su papá la lastimó mucho. Su mamá murió joven… La realidad es que la ayuda de la mujer triste fue invaluable para encontrarnos.

Moisés cuidaba su apellido. Siempre había hecho negocios limpios y mantenía un nombre intachable, verlo ahora mancillado, enlodado por chismes y habladurías era lo último que le apetecía, pero pronto entendió que sólo sacando el caso a la luz podrían recuperarnos.

Además de acudir a la Interpol, aceptó dar entrevistas a algunos periódicos. La fotografía de dos niños secuestrados, tomados de la mano, sonriendo, quizá por última vez frente a la cámara, era una imagen poderosa.

Después escribió cartas a Israel, en donde los juzgados empezaron a tomar nota y a interesarse por el caso, bastante insólito en esa comunidad.

Una semana más tarde, Moisés recibió la llamada de un agente francés. Al parecer la mujer mexicana de mirada triste lo había contactado pidiéndole como favor especial que atendiera nuestro caso. Moisés le explicó que habíamos estado en Francia, le contó lo sucedido en L'École Bilingue Internationale de París, y nuestra desaparición. Llevamos meses tratando de encontrarlos. Se desvanecieron.

Cada semana salía alguna nota en el periódico. Esto generó incomodidad en los dirigentes comunitarios que siempre han querido mantener las apariencias de estabilidad y cordura entre los pocos miembros que la conforman. La noticia, con fotografía de niños robados incluida, salió hasta en la televisión. Empezaron a llegar cientos de cartas a los periódicos, personas dando condolencias, ayuda psicológica o espiritual. Algunos ofreciendo pistas de supuestos encuentros con las víctimas, todos falsos. Pero la conmoción llegó hasta los altos tribunales de Israel. Y entonces comenzó el desenlace. Resulta que el papá y los niños llevaban meses viviendo en un kibutz, haciendo vida de familia socialista. Tres manos jóvenes, la promesa de nuevas familias para aumentar la población de este experimento israelí y además dinero a montones, había sido suficiente para que las autoridades "no se dieran cuenta" de que nuestra situación era irregular. Pudieron desviar la mirada un tiempo, hasta que la oleada de noticias fue más fuerte que su indiferencia y tuvieron que salir a respirar. Ahí los descubrió el agente francés de la Interpol.

Los niños están bien. Están en…

Al parecer se había resuelto el problema. Ya sabían el lugar donde encontrarnos. Es verdad y, sin embargo, tuvo que pasar un año más. Un año lleno de meses, lleno de semanas y de días festivos. Otro año con bombas y bayonetas en las entrañas.

Antes de la llegada al que sería el último lugar del Viaje, conocí tres continentes, varias ciudades, muchos pueblos, personas que en algún momento pensé eternas. Descubrí los museos, el chocolate belga, los algodones de azúcar cuando se llaman *barbe á papa*, tuve un perro que dejó de ser, algunas maestras cuyas enseñanzas también se esfumaron. Instantes que emergen como diapositivas, Roma, *click*, París, *click*, Angustia, *click*, Mamá, *click*. Hay olores que de pronto me alborotan los recuerdos, sabores que reconozco… pero en realidad sólo sé dónde estuve porque mi mamá y mi papá me lo han dicho. Cada uno a su manera, cada uno imprimiendo sus muy personales conmociones.

29

El último lugar del Viaje es un kibutz llamado Shefayim, en la zona central de Israel. Ahí se gestaron las memorias más vívidas de mi primera infancia, muchos sueños repetitivos.

Algunas pesadillas.

En los kibutz de los años setenta las familias no vivían juntas. Mi papá tenía una casa propia. A nosotros nos acomodaron en los cuartos comunales, cada uno con niños de nuestra edad.

Mi recámara es larga y angosta, tiene literas pegadas a las paredes. Ahí dormimos seis ¿ocho? niños. La mía es una de las camas de arriba.

Hay un comedor con mesas chaparritas y algunos juguetes. Un pizarrón lleno de letras en una lengua que al principio me pareció imposible y después se convirtió en la única que sabía hablar. A mi regreso tuve que reaprender el español y, para ello, olvidar por completo el hebreo. Los dos idiomas no podían convivir en el mismo espacio, porque pertenecían a dos verdades tan distintas, que la existencia de una desgarraba la posibilidad de la otra. Mi papá se congeló en el momento en el que mi vida era en hebreo; mi mamá renació en español. Sólo olvidando uno pudo subsistir el otro. Asesinar para vivir… difícil a los siete años.

El kibutz era una verdadera comunidad socialista. Cada quien tenía una labor específica. Yo fui designada como ayudante de *metapelet*, nana de los bebés que durante el día estaban en una guardería mientras que sus mamás trabajaban. Asistía los sábados, cuando no tenía clases.

Mi día era bastante rutinario, desayunar, ir a la escuela, comida en el salón común, una siesta de media hora y en la tarde me recuerdo jugando con mis amigos. Hay una foto en la que aparezco como una israelí nativa, con el pelo enmarañado, un vestido de algodón amarillo y dos o tres niños de mi edad. En la foto me veo feliz. Estaba feliz.

¿Estaba feliz?

30

Las memorias más vívidas aparecen cuando duermo. Supongo que son verdad porque ahí, donde no hay barreras conscientes, evoco personas, lugares, paisajes, momentos y llego a sentirlos en los vellos de los brazos y en la humedad de los ojos.

Hay otras que son tan sólo sueños y, sin embargo, se perciben de carne y hueso y de pronto se confunden. Estoy rodeada de muchos niños que reconozco como mis compañeros del kibutz, celebran y piden ser el primero. Hacen una fila y los voy subiendo a mi espalda. La técnica para volar es muy sencilla, junto los pies, pongo fuertes las piernas, me paro en puntitas y, doblando las rodillas, me impulso hacia arriba. Mis pies dejan el suelo.

Sólo puedo llevar a uno de mis compañeros a la vez, de lo contrario el peso sería demasiado y podríamos caer. Planeo en posición horizontal, como un avión. En mi espalda se sienta el pasajero, tomándose con fuerza de los tirantes de mi camiseta.

Paseamos por los cielos de Israel, vemos parques y casas que se van haciendo más pequeñas conforme me elevo. A veces aterrizamos por unos minutos en México. Me gusta enseñarles mi departamento, el jardín y mi recámara, esa en la que durante dos años me esperaron mi cama en forma de barco y mi casa de muñecas. Y Oso, mi perro, el ser al que más me permití extrañar durante aquella ausencia.

Mi pasajero favorito es un niño morenito de pelos chinos y ojos que, de tan negros, parecen espejos. No recuerdo su nombre. Hablamos en hebreo, muy entusiasmados. Él fue mi primer amor. Junto a ese chiquillo de siete años sentí por primera vez cómo hay pieles que erizan la nuestra y miradas que tiemblan en el vientre. Me enamoré completamente, aunque no supiera qué es enamorarse y me faltaran muchísimos años para dar mi primer beso. Quería estar con el niño de pelos chinos todo el tiempo, buscaba sentarme a su lado en las asambleas, en las comidas y, por supuesto, era al primero que llevaba en mi espalda.

Vuelo. Soy libre. Libero también a quienes me acompañan en el paseo. Al despertar estoy segura de que con un pequeño esfuerzo podría despegar los pies del suelo y llegar a las nubes. Durante años supe que podía volar, estaba segura de tener la técnica dominada. Nunca lo intenté despierta… para no fallar. Porque ahí, en mis piernas fuertes, estuvo siempre la posibilidad de ser libre.

También hay pesadillas.

Enormes olas me cubren y me jalan hasta un mar enojado. Estoy sentada sobre la arena cuando veo que se acerca la montaña de agua. Trato de escapar, pero la playa se inclina y resbalo. Clavo los dedos en la arena y mis uñas van dejando un surco. Me deslizo hasta las aguas turbulentas de un mar que me va a devorar. Despierto empapada en el sudor de imágenes verdaderas, aunque no sean reales.

31

Valeria nos visita en el kibutz cada tarde a las dos en punto. La dejan quedarse con nosotros una hora. Sólo se ausenta los días en los que tiene que ir a los altos juzgados de Jerusalén, en donde se lleva a cabo el juicio para que se emita la orden de regresarnos a México.

Antes de su primera visita en el kibutz, habíamos pasado un año sin verla. Dolió la ausencia, dolió aún más la tristeza que me fragmentó cada vez que pregunté por ella y mi papá respondió, Su mamá no quiere verlos. La historia tiene muchas verdades, todas ciertas. Hay mentiras, enojo y ganas de lastimar. También amor. Pero esa frase la puedo evocar con absoluta y lacerante nitidez. Quedó grabada para siempre, como la fotografía en la que aparezco con betún rosa en la boca. No puedo negarla, tan sólo la puedo guardar en un cajón, pretendiendo que no existe. O, al menos, que ha dejado de doler.

Su mamá no quiere verlos...

La única forma que tiene una niña de protegerse ante una ola enorme que la arrastra hasta las fauces de un mar iracundo es diciendo, diciéndose con absoluto convencimiento, Pues yo tampoco quiero verla.

Hoy sé que mi mamá llevaba un año viajando por el mundo, a veces a lugares en los que estábamos, en ocasiones a otros engañada por algún investigador vendido al lado contrario. Hoy sé que no dejó de buscarnos cada día durante los dos años que estuvimos en El Viaje. Entonces, ¿por qué sigue doliendo ese recuerdo?

Para cuando llegamos a Israel, la comunidad judía de México consideraba nuestro caso como una prioridad a resolver. Éramos el chisme favorito de los sitios de reunión. Las personas combatían, dando la razón a un lado o al otro. Nuestros nombres se mencionaban entre miradas de enojo y de lástima. A fin de cuentas se trataba de dos familias muy conocidas, de dos hombres muy respetados. Y, además, de dos pequeños que con cada día que pasaba estarían más afectados.

Gracias al oficial de la Interpol, supieron que estábamos en Israel. De inmediato mi mamá y mis abuelos volaron a Tel Aviv.

Mientras varios agentes se mueven sigilosos, hacen preguntas, entran y salen de oficinas cargando expedientes y nuevas pistas, mi abuelo Moisés se va a tomar un té a la calle Dizengoff. Se sienta en la terraza a hojear un periódico, sorbe despacio el líquido caliente, disfruta la calma que por unos instantes se permite sentir. Levanta la mirada y ve pasar a Samuel. El hombre camina rápido, parece tener prisa por llegar a algún lugar. El primer impulso de Moisés es correr a detenerlo. ¿Y luego? ¿Agarrarlo del cuello? ¿Golpearlo para que diga dónde nos esconden? Nada de esto es posible, dos viejos peleando en la calle sólo conseguiría llamar la atención y probablemente ser aprehendidos. Entra al restaurante y llama a su mujer que, junto a Valeria, espera en el cuarto del hotel. Le explica lo sucedido. Ya sabiendo que estábamos en la zona de Tel Aviv, fue muy sencillo que los agentes localizaran a Samuel para obligarlo a revelar el paradero de Leo.

Shefayim. Por fin saben el nombre del lugar. Un juez dictamina que Valeria tiene derecho a visitarnos todos los días durante una hora, mientras que se decide a quién otorgar la patria potestad.

Estamos en Israel. Por primera vez mi madre tiene permiso de vernos y llega al kibutz con un vestido de popelina amarilla. Está nerviosa y emocionada, llena de regalos y abrazos y lágrimas.

Vino tu mamá.

No quiero saludar a la mujer que tanto me ha dolido. Ella tiene derecho a visitarnos. Yo quiero tener derecho a no verla.

Me siento en una silla frente a un pizarrón con algunos dibujos. La veo entrar. La playa se inclina, resbalo hacia las aguas encrespadas.

Shalom, le digo. Hola, me responde. Yo ya soy de Israel y del kibutz y de un papá y un hermano. Ella quiere que recuerde que alguna vez fui de México, de ella y de mi familia. Me enseña la foto de Oso, mi perro amado. Me escurre una lágrima… no entonces sino ahora, lloro ahora al recordar el momento en el que no pude lanzarme a los brazos de la persona que, sin lugar a dudas, más me ha querido y querrá. Lloro porque hoy puedo sentir su dolor. Pero también sollozo perdonando a la niña que no podía hacer otra cosa después de haber escuchado tantas, tantas veces, Tu mamá no quiere verte.

Cada tarde Valeria me traía chocolates cubiertos con papelitos metálicos de colores. Son platitas, me decía, alisando la envoltura sobre su pierna. Me da un chocolate, lo abro con cuidado, me lo meto a la boca y mientras se derrite, con los dedos voy alisando la platita hasta dejar un rectángulo brilloso que Valeria coloca con mucho cuidado entre las hojas de un álbum. Poco a poco las páginas se van llenando de colores que me recuerdan el sabor disuelto de las ganas de abrazarla.

Si de algo me arrepiento es de las veces en que rechacé a mi mamá. De haberle negado la posibilidad de acercarse. Cada día me traía un regalo, un chocolate, un caramelo. Cada día yo la recibía con una mueca y ganas de despedirme.

Valeria no se dio por vencida. Me cuenta que en una visita nos llevó dulces mexicanos, traídos por unas sobrinas que la fueron a ver. Llegó con muéganos y jamoncillos, obleas y gomitas. Los postres siempre han sido mi debilidad. El mundo es más perfecto cuando un dulce de leche se derrite en mi boca, cuando un trocito se me pega al paladar y poco a poco va escurriendo el sabor de la leche quemada y el azúcar.

No me pude resistir. Me comí uno y después otro. Recuerdo la enorme sonrisa de mi mamá, feliz al ver, debajo de la pose de soberbia, a su niña. A la niña que no quería que intuyera su tristeza.

Me cuenta Valeria que Leo se enojó mucho y que le mandó decir con sus abogados que nunca más nos llevara al kibutz cosas de México, le dijo que ahora éramos israelíes y que no quería que extrañáramos nuestro país.

Lo cierto es que ese dulce de leche sí disolvió un poco del resentimiento y abrió las memorias de un tiempo en el que me recordaba feliz. Aunque Leo nos hubiera dicho tantas veces lo contrario.

32

Israel. Guerra. Todos los días hay un nuevo ataque, un nuevo polvorín que estalla en las manos de los niños que se vuelven soldados y después cadáveres, sin haber cumplido la edad permitida para beber cerveza...

Los habitantes de Israel éramos conscientes de la situación. Para los adultos era más claro el conflicto y sus vericuetos, para mí y mis amigos de seis y siete años, era una mezcla de ansiedad y diversión.

Nos entrenaban para ir a la *miklat*, el refugio antibombas que existe en cada casa, en las oficinas y lugares públicos del país. Al escuchar la sirena, sabemos qué hacer. Caminamos ordenadamente tomados de la mano de algún compañero, hasta llegar al refugio que nos corresponde. En cada simulacro hago lo posible por tomar la mano del niño de pelos chinos y ojos profundos. Recuerdo su olor, su sonrisa y la sensación dulce de escapar de la muerte tomada de su mano.

Fueron decenas de simulacros. A cualquier hora, la sirena nos recordaba que somos frágiles, mortales. Desde ese momento me atrapó esta imperante necesidad de bullir la vida, de beberla, de desgajarla. Sin darme cuenta, supe que mis seis años pudieron haber sido mi más remota vejez.

Aquella noche no fue un simulacro.

Se escucha el bramido de la sirena, parecía tener un tono más grave, más de verdad, aunque supongo que eso es imposible, una sirena no cambia de humor. Abro los ojos, bajo de la litera, salgo del cuarto y busco la mirada que me encuentra. Nos tomamos de la mano y caminamos al ritmo tantas veces ensayado. Esta vez los gritos de los soldados son reales, nos apresuran. Estamos bajo ataque.

La mano me aprieta y la mirada se vuelve líquida. No me quiero morir, susurra. Los soldados nos cargan para llevarnos más rápido al refugio. Seguimos tomados de la mano. Los dedos se resbalan. Nos llevan a diferentes *miklats*. Hasta el último instante nuestros ojos no se separan y con ellos le aseguro que vamos a vivir, le aseguro que lo voy a querer siempre.

Permanecemos escondidos varios días. Se escucha un silencio abrumador. En las películas, las personas que están en refugios antibombas perciben el estrépito de las explosiones, algunas más lejanas, otras que parecen caerles encima. Así puedo tratar de imaginar esos momentos en los que estábamos aglutinados, esperando órdenes de los soldados. La realidad es que no se oían los estruendos. Todos hablábamos lo menos posible y en susurros; de vez en cuando se percibía el llanto de algún bebé, que de inmediato era apaciguado por el pecho de su madre. Movimientos lánguidos, miradas furtivas, palabras escasas. El miedo tiene una forma de devorarnos de afuera hacia adentro, hasta dejar tan sólo una brizna de ser humano cada vez más parecida a un animal acorralado. El miedo nos dobla, nos convierte en cochinillas. Ese terror silencioso que penetra sin aspavientos y amenaza con atacar en el momento menos esperado.

¿Estaba mi papá? ¿Mi hermano? Me recuerdo sola, aunque sé que es imposible. Cuando evoco ese momento estoy acostada de lado, en un catre, con la mirada clavada en un punto lejano y borroso. De las paredes de concreto emana un sudor frío y pegajoso. Todo es gris, la película podría ser en blanco y negro. Paredes blancas, miradas negras, almohadas blancas, desasosiego, negro. Todo revuelto en un gris brumoso, sin tiempo.

Un grupo de soldados nos informa que ya pasó el peligro, podemos salir. Cada uno regresa a las actividades cotidianas, no se menciona el incidente. En Israel se habla mucho de esperanza, de futuro, de logros increíbles cada vez más evidentes; el desierto convertido en bosque, universidades, museos y ciudades modernas, agua, luz. Se habla de la vida para esquivar la inminencia de la muerte que trae cada guerra, cada ataque, cada acto terrorista.

Tampoco se habla de los enemigos porque también son hijos, son padres, son niños asustados en algún refugio antibombas. Para ellos, los villanos estamos de este lado de la frontera.

En Israel sólo se puede hablar de vida porque la muerte está demasiado cerca.

Estoy en una playa tranquila. Contemplo el mar. De pronto, las olas crecen, cada una es más alta que la anterior, ascienden enfurecidas, el color del agua se torna acero. La enorme marea ennegrecida escupe espuma; cada vez más cerca. Me levanto para escapar, la playa se inclina, caigo y resbalo hasta que mis pies tocan la orilla del mar y las olas furiosas se acercan y me jalan, me detengo un instante, clavo las uñas en la arena, escalo un poco. Vuelvo a resbalar.

Una y otra vez.

Soy niña, resbalo adolescente, grito adulto. La pesadilla regresa cuando soy mamá y entonces es peor, porque a mi lado están mis hijos, tengo que protegerlos, el mar amenaza con ahogarlos. Me deja de importar mi miedo. Ahora el alarido es por ellos.

Es sólo sueño, un mal sueño y, sin embargo, se percibe más real que mucho de lo que viví durante aquel viaje. La visión existe y regresa y me revuelca. Hay eventos que dejan un surco profundo. Nunca he ido a una terapia, es probable que haya decidido escribir en vez de ir al psicólogo, como una forma de acomodar y entender.

Escribo. Acomodo.

¿Entiendo?

La pesadilla regresa.

La mesa es redonda. De caoba. Cabe apenas un teléfono gris de disco. Miro hacia arriba. A esa edad todo se mira hacia arriba. Mi hermano y yo escuchamos angustiados las palabras que nuestro padre dice al auricular. Tus hijos te quieren ver, te extrañan, ¿por qué no los recibes aunque sea un ratito? Yo paseo la mirada de uno al otro y salgo del cuarto. Prefiero no escuchar la respuesta. La respuesta ahoga.

33

No volví a ver a mi papá en más de veinte años. Dejó de interesarme su versión de la historia, esa realidad que había sido durante los dos años del Viaje la única verdad en mi vida. Yo tan sólo quería pertenecer a una familia normal, papá, mamá, hermanitos. Traté de convencerme de que un padrastro alcanza para diluir el amor que le tenemos a nuestro padre. Hoy comprendo que aunque a veces creemos odiarlo, aunque queremos detestarlo, el cariño surge en el instante en que menos lo esperas.

Cuando decidí buscar a Leo me di decenas de explicaciones, ninguna de ellas tenía que ver con un cariño profundo e inevitable que le tenemos a nuestros progenitores, aunque creamos que no lo merecen. Me convencí de que quería verlo para lograr una tregua en la pelea familiar para que mis hijos ya no fueran parte de ella. A fin de cuentas ellos llevan su apellido, valdría la pena que entre nosotros hubiera paz. También argumenté que necesitaba su versión de la historia para poder escribir mi novela. Hubo otras excusas, todas flojas.

La realidad es que quise conocer mis emociones a través de sus palabras, de sus letras. Empezamos una larga conversación, unas veces por correo y otras, las menos, en persona. He visto cómo Leo envejece, le falla la memoria, repite las anécdotas, habla más bajo. Pero en cada encuentro sé que agradece que se nos haya regalado el tiempo para curar los raspones que dejó la caída. Porque en ese precipicio caímos todos.

Hoy cada quien se ha levantado a su manera.

El Viaje, ahora dibujado por las letras de mi papá.

Él me cuenta qué hice, qué sentí, qué pensé durante esos dos años en los que nos llevó por el mundo. Los recuerdos que se crearon de la mano de Leo, de sus enseñanzas, de nuestros días juntos, habían quedado almacenados a fuerza para que la realidad de mi mamá prevaleciera.

Lo que había hecho mío y real entre los cinco y los siete años se volvió ajeno y falso para dar lugar a nuevas verdades, igual de confusas. Primero desapareció ella. Después, se esfumó él. Aparentemente no podían convivir en un mismo lugar, aún menos si ese espacio era mi corazón.

Al pasar más de veinte años sin ver a una persona, su ausencia ya es costumbre. Leo había dejado de ser parte de mi vida, aunque siempre quedó en mi historia, en ese cuento contado en el patio de la escuela, ese en el que mi papá era el enemigo. Y cuando todo ocupaba ya un lugar seguro, confortable, cuando los malos eran muy malos y los buenos habían ganado, la vida decidió dar otro volantazo.

Un día cualquiera, en Cuernavaca, recibí una llamada. Mi abuela se está muriendo, diluyéndose en el alzhéimer. Galya ya no reconoce a nadie, no entiende nada, pero repite constantemente, como si fuera un mantra, Quiero ver a mi nieta.

Entonces yo tenía tres hijos, un marido y una vida en la que era muy claro y definitivo que existen seres oscuros que no se mencionan y otros que nos protegen de sus garras. El orden establecido era cómodo y confiable. Sin embargo, en el guion no estaba estipulado que yo sintiera lástima por uno de los antagonistas.

Me dije muchas cosas. Me expliqué que lo que la mujer sentía era una enorme culpa. Ella había sido cómplice del daño que le hicieron a mi mamá, aceptó que nos alejaran de ella, ayudó a escondernos en ciudades lejanas. Me convencí de que un ser así de malo no se merecía ni mi lástima ni mi presencia. Pero es difícil permanecer inmersa en tanta soberbia.

Mi abuela está muriendo y su único deseo es verme. Al tener esa información ya no podía evadirla. Decidí visitarla. No era para tanto, iría una vez y después volvería a lo cotidiano, a lo conocido. Junto a los buenos. Resolví, además, llevar a mis hijos y cumplir el deseo de Samuel que muchas veces había preguntado a conocidos en común si conocían a sus bisnietos. Si hoy había elegido sanar al menos un poco la herida, ellos eran necesariamente una dosis de la medicina.

Esa noche no dormí. ¿Qué les voy a decir a los niños?, ellos no saben que existe otra familia, ni otros abuelos. A los chiquitos quizá no les importe, pero para la mayor la abuela es Valeria y el abuelo es Carlos. ¿Cómo le explico? ¿Qué le digo?

Amaneció. Me levanté y estuve a punto de llamar para decir que no iríamos. Con la tibieza de un café deslizando mis miedos, razoné que si cancelaba la cita el día que la mujer muriera, me iba a asediar una culpa innecesaria.

Me acerqué a mi hija, la senté frente a mí, Nena, te quiero explicar algo... antes de casarse con Carlos, abuelita Valeria estuvo casada con otro señor... y... pues son mis abuelos, o sea son tus bisabuelos... pero, no los conoces, porque ellos, bueno no importa... lo que sucede es que te quieren conocer... y dije que sí... y hoy vamos a ir a su casa. Mi hija me miró muy seria y preguntó, ¿en su casa hay alberca? Sí, le respondí. Ah, entonces vamos, dijo poniéndose su traje de baño.

Ahí terminó la explicación. Y comenzó la serie de lecciones que a partir de ese momento mis hijos me darían cada día de mi vida.

34

Dice mamá que por favor la llames en cuanto lleguemos al hotel de Valle para no preocuparse. Mi papá no responde. ¿Sonrió? Imagino una mueca sarcástica, un sentimiento de victoria reflejado en los ojos. Pero hoy lo sospecho con el filtro de casi cincuenta años y cientos de historias que empañan la realidad.

Lo que sí sé es que mi papá llegó con la cajuela llena de maletas para un viaje que no duraría dos días sino muchos años. Decidido a separarnos de lo que para él era una situación inaceptable y, por alguna incomprensible razón, pensó que robarnos era una gran idea.

En aquel momento mi mamá recogía el tiradero normal que genera una fiesta de niños. Globos reventados, confeti, algún sándwich medio mordido, de esos que son de pan blanco con mayonesa y queso amarillo, esos que hasta hoy me hacen salivar de antojo. Tal vez un poco de betún rosa embarrado en el piso. Valeria limpia, después se arregla para salir a comer con Carlos, aprovechando que los niños se fueron de fin de semana.

Transcurren las horas. Muchas. Tiempo más que suficiente para llegar del Distrito Federal a Valle de Bravo. Llama al hotel, no ha llegado nadie con dos niños, tampoco hay una reservación a ese nombre.

Voy a indagar en los hospitales para comprobar que no hubo algún accidente, le dice Carlos al verla cada minuto más descompuesta.

Valeria localiza a su papá y le explica la situación. Vamos a buscarlos en la carretera.

Cada curva se vuelve un precipicio donde sus hijos yacen moribundos. Valeria llora con lágrimas sigilosas para no despertar a los malos augurios. Todo va a estar bien, repite Moisés. Él también oculta su angustia bajo unos lentes oscuros y palabras de consuelo.

En la recepción del hotel Avándaro confirman que Leo nunca llegó, ni reservó. Lo siento, dice la encargada, pero déjeme sus datos, si sé algo, yo me comunico. Valeria anota el número en un papel. Una de esas acciones intentando esquivar la bofetada de una realidad que no puede ser. Y es.

Valeria regresa a su departamento. Carlos la espera, No hay nadie accidentado, dice con voz de alegría. Lo único que importa ahora es que están bien. Los vamos a encontrar, tal vez cambiaron de planes en el último momento. ¿Por qué no llamas al padre de Leo?

Samuel contesta al primer timbrazo. Parece estar esperando la llamada y al escuchar la voz de mi madre no aguarda a que haga la pregunta, de inmediato dice, No los vas a volver a ver, nunca y, después de una carcajada, cuelga.

Ése es de los peores instantes en la vida de Valeria. Me lo ha platicado muchas veces y en cada una siento el tormento ácido que astilla el pecho de mi madre. Hoy la historia tiene vericuetos y otros puntos de vista. Hoy hay matices para los sucesos. Pero ese incidente me sigue afligiendo porque entiendo lo que yo sentiría si fueran mis hijos…

Porque hay cosas que no tienen matices.

Ni puntos de vista.

35

Comenzó en un cajón de pañuelos. Un cajón de pañuelos que intenta esconder, sin éxito, un raudal de poemas de amor. Eso me cuenta Leo, decenas de años después, cuando ya no importan los detalles y aquel que escribió los poemas ya murió.

Pero en ese momento los versos descubiertos generaron la explosión que fragmentó mi mundo. Tantos mundos.

Fueron también la excusa o el permiso para romper aquello que ya estaba muerto, pero nadie quería aceptar. ¿Cuándo descubriste que mi mamá se había enamorado de otro?, le hago esta pregunta a mi papá en un correo. Una pregunta demasiado íntima que sólo puedo hacer de forma impersonal. Los correos electrónicos tienen la cualidad fría y distante que jamás podría tener una carta escrita con la mano en un papel, mucho menos una conversación.

Y espero la respuesta.

Leo me narra lo que cree recordar de un suceso que ocurrió hace cincuenta años. Un evento cernido por las fauces de la vergüenza, el odio, la negación, un párkinson progresivo, voces de juicio y ganas de olvidar.

Y mi papá me explica…

El matrimonio fue un fracaso desde antes de existir. Pero seguimos adelante porque no sabíamos que se podía decir, Me equivoqué y mejor ahí la dejamos. Eran demasiadas las expectativas, las apariencias que cuidar. ¿Cómo terminar un para siempre? Entonces llegó el primer hijo, después una hija… pasaron los años y el desengaño se convirtió en rutina.

Los dos querían salir del atolladero, y fue Valeria quien dio el primer paso. Paso no, zancada hacia el precipicio. Y para hacer más vertiginosa la caída, guardó unos poemas envueltos en telitas de colores dentro de un cajón que estaba a simple vista, al alcance de cualquiera. Especialmente de su marido.

¿Habrá abierto el cajón, como lo hacen en tantas películas, desesperado por encontrar la prueba de un engaño que presiente pero no quiere aceptar? ¿O habrá sido como él cuenta, tranquilo, tan sólo buscando un pañuelo, sin jamás sospechar que al fondo estaba el cartucho de dinamita, encendido desde hace ya varios años?

Leo abre el cajón. Ahí están decenas de poemas de amor firmados por Carlos. Algunos tienen la tinta corrida por las lágrimas que derramó Valeria al leerlos. Hablan de un amor enorme, tan cierto y tan real… tan imposible. El hombre enfurecido lee cada uno, lo arruga y lo tira al suelo. En la recámara de junto escucha a sus hijos jugando. Aumenta la rabia, su impulso es destrozar los escritos, pero los regresa a su lugar.

Valeria está de compras en San Antonio con su mamá y su hermana mayor. Mi papá levanta la bocina y marca furioso. Dice el número de cuarto. Al otro lado el teléfono suena dos veces. Contesta la madre de Valeria y Leo vocifera que le comunique a su mujer. Instantes después, responde ella. ¿Están bien los niños?, pregunta de inmediato. Una llamada de su marido a esa hora de la noche no es común, algo grave debe estar sucediendo. Sí, los niños están bien. Encontré los poemas en tu cajón, necesitas regresar de inmediato a México. Valeria permanece callada. Suben a su garganta latidos que empujan las náuseas hasta la superficie de lo inminente. Le punza la frente. Escucha la respiración agitada de Leo. Siente un leve mareo. Se toma del borde de la cama, traga saliva. Regreso pasado mañana, como acordamos. Te encargo a los niños.

Leo no puede creer el descaro de la mujer. Azota el teléfono, vuelve la vista furioso y ahí, asustados, están parados sus hijos. Mi hermano lleva un libro en las manos, ¿me lo lees? Yo lo miro. ¿Cuándo regresa mamá?

36

Tu papá era guapo, inteligente y muy rico. Mi madre y yo comemos galletas Marías con cajeta. Ella pone la suya en un plato, despacio, y me mira. Quiere imprimir a la conversación un toque de solemnidad difícil de lograr con la boca embarrada de dulce. Era todo lo que una mujer podría querer. Pero tú no lo querías, le respondo. Pues no, nunca me pude enamorar de él, aunque de verdad traté.

Supongo que sí trató.

Él dice que estuvo enamorado de ella desde que la conoció. ¿Se logra realmente amar a alguien que no nos quiere? Imagino que puede haber una especie de infatuación, un desparpajo masoquista que nos avienta a las fauces del dolor y la frustración. Incluso una adicción. Pero ¿amar?

Leo me cuenta que la noche antes del tan planeado matrimonio, él lo quiso cancelar. Valeria me describe su hermoso vestido de terciopelo blanco, bordado con perlas. Él le suplica a su mamá que le permita escapar de un evento que ya presiente catastrófico. Ella gira frente al espejo que muestra los ángulos de una hermosa mujer emocionada con la boda, el vestido, el collar de brillantes… ¿Emocionada con el hombre al que va a entregarse por el resto de su vida?

A él no le permiten echarse para atrás.

Ella no se permite dudar.

Se casan.

Y después viene la debacle.

¿En qué momento apareció Carlos?

37

Ahí arriba fue mi primera cita oficial con Carlos, dice mi madre señalando la punta de la Torre Latinoamericana.

¿Eso fue antes o después de aquella vez que vieron *Doctor Zhivago*? ¿Antes o después del beso? ¿Antes o después de que yo naciera?

Le quiero hacer cientos de preguntas. Callo. Ella ha silenciado o al menos disfrazado el comienzo de su historia de amor durante tanto tiempo, que hoy me siento incapaz de preguntar. Permito que se deslicen sus instantes y busco atraparlos cuando emergen, por algunos segundos, de la bruma.

Sé que Carlos estaría feliz de platicarme la historia, a él le gustaba insinuar el atropello de su situación y dejar ver que empezó en medio de una deliciosa turbulencia. Pero a Valeria no. Ella ha mantenido los sucesos encubiertos por una ficción que, de tantas veces repetida, se convirtió en la verdad.

Carlos ya no está.

Valeria calla.

¿Cómo empezó? ¿Fue ese beso en un salón de baile? ¿Empieza el amor con un beso o es ahí donde se cristaliza lo que ya era eterno? ¿Fue un destello tajante, tan cursi y, sin embargo, tan real? ¿Se habrán visto sentados frente a frente, los ojos verdes de ella entintando de apetitos lo prohibido?

La reacción inmediata es negar lo evidente. Huir de los sentimientos porque eso no puede ser. Punto. Y es. Es a gritos, a pesar de que en el camino estén otros que no puedan tolerarlo. Aunque sea demasiado tarde, porque las historias ya se escribieron, ya dijeron para siempre, ya aceptaron que ése es el rumbo a seguir. Estoy casado. Yo también. Tengo hijos, planes y futuros prometidos. Yo también. Y, sin embargo, hay veces que no podemos negar esa mirada tiñendo los anhelos.

Una vez que sucede, ya no hay vuelta atrás. Los ojos se buscan, los abrazos se hacen más prolongados, tal vez sólo un segundo de más. Se hacen más apretados, lo suficiente para que un escalofrío se filtre y permanezca días, todos los días necesarios hasta que venga el siguiente encuentro.

La primera vez que se ven, él va con su prometida y ella con su novio que, además, resulta que son hermanos. Si es que hubo una atracción, los ángeles de la prudencia se abocaron a callarla. Y sí, enmudeció.

Amordazó cualquier intento, el tiempo suficiente para que cada uno se casara con la persona más equivocada del planeta.

El silencio de la cordura es lapidario.

Se enlazaron con los otros, tuvieron hijos con los otros, construyeron casas, crearon hogares y después, mucho tiempo después, cayeron fulminados, aniquilando esas vidas perfectamente armadas y llenas de imaginarios para siempre.

No se atreven, pero tampoco se van al lado contrario. No pueden decir lo que sienten, pero lo grita el sudor en la espalda y las ganas en el aliento.

Al principio, ¿habrá sido sólo un juego? Uno de esos coqueteos que llenan la panza de burbujas rosas y que después se olvidan.

¿Quién dio el primer paso?

¿Cuál fue el primero?

Te veo en el último piso de la Torre Latinoamericana, dice Carlos y cuelga.

Entonces el eco de la sangre se agolpa en las glándulas salivales. El temblor sube de las rodillas hasta hacer palpitar la entrepierna. La emoción, la humedad, el miedo… delicioso. Peligroso.

Delicioso.

38

El cuarto frío de casa de la abuela era mi cueva de Alí Babá. Detrás de una puerta, aparentemente igual a todas las demás del departamento, estaba un espacio aglomerado de revistas, fotografías, estantes llenos de libros viejos y polvosos. Triques de metal, cristales de algún candil, todavía con el alambre amarrado a la orilla. Monedas de muchos países. Un sillón con resortes botados, en donde me sentaba a saborear cada recién descubierto tesoro.

En el cuarto frío de la casa de la abuela jugué por primera vez al doctor con mi primo. Escribí mi primer poema de amor. Me corté con un fierro oxidado, que causó que me pusieran mi primera vacuna antitétanos. Hasta arriba, había una repisa llena de revistas pornográficas, además de otras que no tenían fotos pero sí palabras que en mi mente evocaban imágenes deliciosas. Cuando tomaba una de esas revistas me temblaban las piernas, me llenaba la anticipación de leer frases que se clavaban en mi vientre y palpitaban. Sabía que estaba haciendo algo indebido, quizás porque me tenía que subir a una silla para alcanzarlas o porque desde muy chicos nos enseñan que las cosas que se sienten rico están prohibidas.

En aquellas páginas leí por primera vez la expresión sexo oral y cuando le pregunté a mi hermano el significado de aquel concepto tan tempestuoso, me contestó, con la certeza del hermano mayor, Sexo oral es cuando dos personas hablan de cosas de ésas. A veces desnudos, agregó. Tardé años en descubrir la realidad que, aunque asombrosa, no dejó de entristecerme un poco. Siempre me quedé con la idea de que "hablar de esas cosas" desnuda junto a alguien podría ser una de las experiencias más eróticas de la vida.

Ana era una lectora incansable, de ella escuché cuentos de Chéjov y mi primer poema de Pushkin. Mi abuela también compraba revistas del corazón, libros de literatura cursi, novelas de Corín Tellado y adoraba la pornografía, aunque siempre objetaba que le gustaba el *Penthouse* tan sólo por los excelentes artículos de economía.

Dos o tres tardes a la semana íbamos a visitar a los abuelos. Cuando fui más grande comprendí la suerte que tenía de poder platicar con mis viejos y armar con sus anécdotas los pilares y cimientos de mi propia historia. Me quedaba horas escuchándolos y tratando de grabar cada imagen, el tono de sus voces, los ojos que bailaban ante tantos recuerdos. Pero antes, cuando aún creía que todo y todos somos eternos, me escapaba de la mesa del antecomedor para ir al cuarto frío.

Un día, adentro de un clóset, encontré una caja de zapatos sellada con varias ligas. Tuve una de esas sensaciones que me han acompañado a lo largo de mi vida, de esas que son premonitorias y tan claras que a veces asustan. Supe que ahí había algo que perturbaría mi equilibrio. La puse unos momentos en mis piernas. Aquella tarde no había ido mi hermano, así que estaba sola, con la responsabilidad de decidir qué hacer con la caja. Por la ranura de la puerta del cuarto entró el olor a la mermelada de fresa que cocinaba mi abuela y que hasta el día de hoy es el sabor más gozoso que ha tocado mi lengua. Un garibaldi con trozos de fresas acarameladas, todavía calientitas porque acaban de salir de la enorme olla de barro. Hay pocas cosas comparables. Muy pocas.

Pero ni siquiera mi tendencia a elegir el azúcar por sobre todas las cosas me hizo soltar la caja.

Quité una a una las ligas. Levanté la tapa. Lo primero que apareció fue una fotografía mía en un recorte de periódico ambarino y arrugado. Estoy parada, traigo un vestido de bolitas con un corbatín rojo y dos coletas con moños. Es el día de mi cumpleaños. El último de mi primera vida.

Hay momentos que nos hacen saltar un compás el corazón, uno que ya jamás vamos a recuperar; el tiempo se detiene un instante y después sigue. Pero esa pausa ya nos revolvió las certezas. Verme en una publicación en las que sólo salen los muy buenos o los muy malos, o los muertos, o los presidentes, me hizo entender qué tan profundo había sido aquello que yo pretendía contener entre risas y anécdotas curiosas.

Un padre se roba a sus hijos y no se conoce el paradero. La PGR interroga a posibles cómplices. La madre de los niños prefiere no hacer declaraciones.

Saqué un recorte tras otro. Fotografías, anotaciones apresuradas de teléfonos y direcciones. Periódicos de otros países. Documentos de la Interpol, el FBI, los altos juzgados de Jerusalén.

Mi pequeña historia estaba escrita en páginas al alcance de miles de lectores. Aparecían datos y fechas, incluso comentarios y opiniones de los columnistas que se inclinaban a uno u otro lado. Me pesó que otros trataran de describir lo indescriptible. Lo que era sólo mío.

¿Por qué habrá guardado mi abuela esta información? Ya habían pasado varios años. Los niños estábamos de regreso en el lugar correcto, con los buenos. Los malos eran sólo un apellido que se puede borrar o al menos difuminar.

Volví a poner las ligas en la caja. La guardé en el clóset y salí a comer mermelada de fresa. Esta vez me supo menos dulce.

39

Carlos vive su propio vendaval. Se separó de su mujer y ahora tiene que encontrar dónde vivir, un nuevo consultorio, acomodar en cajas las cosas que le pertenecen. Pequeños ataúdes que contienen jirones de un pasado que fragmenta el presente. Sus hijos no entienden por qué, de pronto, sus vidas están envueltas en miradas esquivas, susurros furiosos y un montón de personas desconocidas que llegan invadiendo su casa y su infancia.

Su papá y su mamá se van a divorciar. No es una noticia agradable, pero tampoco les afecta demasiado. Tienen muchos amigos de padres separados y algunos hasta presumen lo bien que se vive entre dos personas que constantemente intentan agradar más que la otra. No, la turbulencia no está generada por el divorcio, es más profunda, más desgarradora, viene del silencio con el que buscan protegerlos. Y el escudo aprieta hasta cortar la circulación. No se dicen las cosas que lo evidente grita, y son gritos, por ello, más ensordecedores.

Los hijos de Carlos, mis primos, vivieron El Viaje desde sus trincheras. ¿Hoy sí van a venir mis primos a comer?, ¿cuándo regresan? Y las respuestas se quedan cortas, las frases esquivan la locura de una realidad tan irreal que no puede contenerse en explicaciones. La situación se salió del control de quienes la planearon, y los que la están sufriendo suplican cada mañana que sea tan sólo una pesadilla. Y sí, es una pesadilla, pero de ella no hay forma de despertar. Empezó desgarrando a mi madre, pero como un tractor sin frenos se fue llevando entre sus aspas incluso a los que pensaban que iban al volante.

Mis primos aprendieron a odiar a Valeria porque todo era su culpa. Aprendieron a callar la información que les llegaba de una u otra conversación que los niños no deben escuchar. Pero escuchaban. Aprendieron a no querer demasiado, porque todo lo que queremos termina por partir.

Mi prima se quedó a vivir con su mamá. Mi primo, que después fue mi hermano y terminó siendo nada, se fue a vivir con Carlos. Sus historias no me pertenecen para contarlas. Pero, como la mía, son vidas marcadas por El Viaje.

40

Moisés y Samuel eran grandes amigos. Llegaron a México huyendo de la pobreza y la humillación, consiguieron hacer enormes fortunas gracias a su inteligencia, intrepidez y valor, se volvieron pilares de la comunidad y patriarcas de sus familias. Al unir a sus hijos sellaron un pacto de confianza, respeto y lo que pensaban que sería el mejor negocio de sus vidas.

Después de la boda, cuando los novios ni siquiera habían regresado de la luna de miel, los hombres ya rubricaban negocios millonarios, incluyendo la creación de un nuevo banco.

¿Qué pasó con ellos cuando tú y mi papá se separaron? Una vez más Valeria balbuceó algunas respuestas salteadas y se metió a la boca una enorme cucharada de flan.

Como ella no responde, lo hago yo y me pregunto, ¿realmente se caían bien? Supongo que sí, aunque para cuando tuve uso de razón, ellos ya eran enemigos acérrimos. El Romeo y Julieta particular de mi familia adquirió tonos encumbrados. Es una historia que ha subsistido por generaciones, y eso da el tiempo suficiente para romper, destruir y vengarse una y otra vez. El rencor bien plantado y alimentado crece fuerte. Permanece.

Fue un odio construido desde el amor y ése es el más poderoso. Moisés y Samuel hacían alarde de su amistad, se enorgullecían de ser parte de la vida del otro, de ese mundo de riqueza, admiración y poder. En público se decían "hermano". Desde el principio supieron que las habilidades de uno complementaban las del otro y, además, compartían la misma historia de exilio, pobreza y salvación que une con lazos casi indestructibles a los sobrevivientes de una guerra.

Su amistad no tenía grietas.

Dios y Satanás.

Satanás y Dios.

La imagen embrolla mi cordura.

Nadie es tan bueno ni tan malo.

Los personajes planos aburren por predecibles.

Samuel y Moisés hicieron lo que tuvieron que hacer para poner en orden el desorden que, causado por sus seres más queridos, resultaba irreconciliable.

Samuel, el titiritero, arregló la venganza hasta en sus últimos detalles. Moisés reaccionó. Los amigos en común tuvieron que tomar partido, no era aceptable permanecer neutral. La comunidad judía se convirtió en hervidero de chismes y juicios.

El secuestro de los niños generaba emociones agridulces, hasta los más severos tienen por ahí un corazón afín a una madre que, desesperada, busca por el mundo a sus hijos. Pero también entienden el enojo de un hombre traicionado por su mujer y por quien él consideraba más que su cuñado, su amigo.

Ella lo merece, se lo buscó. Los niños no tienen la culpa. Está mal. Está bien. Los que apoyaban a Moisés criticaban que Samuel usara a dos niños como piezas de ajedrez para vengarse de una mujer que, si bien se equivocó, no merecía tanto castigo. Los simpatizantes de Samuel aplaudían que los niños estuvieran en las manos de su verdadero padre y no viviendo con el tío/ padrastro; una situación demasiado confusa y con consecuencias de daño psicológico. Eso de decirle papá a quien fue tu tío, de ver a tu mamá en brazos del padre de tus primos, ¡terrible!, opinaban los pseudo Freuds que abundan en los conflictos.

41

En mis pesquisas e indagaciones me agarraba de cualquiera que pudiera darme algo de información. El problema es que muchos ya eran demasiado viejos, otros demasiado lejanos y en general cada uno tenía una versión, teñida por sus miedos, juicios y olvidos. Un día me encontré en el parque a un amigo de mi abuelo Moisés, un viejo con ganas de recordar. Me hizo algunas preguntas, me pellizcó el cachete diciendo *sheine ponim*, como solía hacer Moisés cada vez que me veía. Extrañé a mi viejo recién muerto.

Le pido que me narre algo que recuerde de mis abuelos. El hombre se va hasta aquel día en el que se llevó a cabo la reunión de Consejo del nuevo banco. El primer encuentro post-secuestro entre Samuel y Moisés. Mis abuelos eran socios a partes iguales. Hasta ese momento el odio se había destilado a través de abogados que comunicaban a sus clientes las opiniones del otro.

Hoy deberán encontrarse frente a frente.

Hasta ese momento, una vez al mes, se reunían los catorce miembros de la junta de Consejo del nuevo banco que promete extenderse para cubrir las necesidades de la comunidad. Los exiliados hicieron su patrimonio trabajando en lo que encontraban, fueron ahorrando, peso a peso, para mandar a sus hijos a las mejores escuelas y universidades. Estos jóvenes, mexicanos por nacimiento, tendrán la oportunidad de aumentar las fortunas. Pero sus padres continuarán a la cabeza de las empresas, tomando las decisiones importantes.

Doce hombres esperan alrededor de una enorme mesa, aparentan tranquilidad en un ambiente que supura.

Entra primero Moisés; los murmullos se sofocan. Lo saludan, respetuosos. Estrecha la mano y dice el nombre de cada uno de los compañeros. Su sonrisa no logra ocultar las ojeras profundas y la vejez que ha teñido su rostro. Susurros a sus espaldas, Pobre, Qué fuerte es, Lo admiro, No quisiera estar en sus zapatos. Moisés toma su lugar en la mesa y examina un portafolio de piel repleto de papeles que finge analizar con esmero.

Se abre la puerta. El silencio ahora parece atragantarse. Entra Samuel. Toses incómodas. Cada hombre se acerca al recién llegado y lo saluda con aplomo. Buenos días, Samuel. Por la ventana irrumpe una ráfaga de viento que anuncia tormenta; uno de los consejeros corre a cerrarla, los demás permanecen de pie, sin saber qué hacer.

Hasta entonces los consuegros se sentaban lado a lado. Hoy, Samuel busca un asiento frente al de Moisés, al otro lado de la mesa. Todos esperan hasta que los dos hombres se hayan acomodado para tomar sus lugares.

Los adversarios desvían las miradas y, sin embargo, cada célula está alerta a cualquier movimiento. Los miembros del Consejo disfrutan del momento. Podrán negarlo, decir que la tensión fue terrible, que estaban conmovidos o asustados, pero a los seres humanos nos encanta ver la tormenta si podemos no mojarnos. Nos detenemos a ver un choque, compramos boletos para una pelea de box, vemos debates políticos y si se ponen rudos, mucho mejor. Hoy están en mesa de pista, primera fila preferencial. Al llegar a sus casas podrán contar con lujo de detalle cada instante del encuentro. Es el chisme más sabroso de los últimos tiempos porque contiene los ingredientes que nos hacen paladear, hay engaños y gritos, hay dolor y venganza. Después de esta reunión llegarán a sus círculos de amigos y serán el centro de atención. ¿Qué se dijeron? ¿Cómo se miraron? ¿Hubo agresiones?

Si además de no mojarnos podemos salpicar un poco, cuánto mejor.

Cuando se agrieta una taza de cerámica, al principio tan sólo se asoma una resquebrajadura que parece un cabello negro. La raya crece, camina ondulándose, se detiene por algunos instantes y el peligro de que la taza se rompa en pedazos parece desaparecer; sin embargo, ante el más mínimo movimiento la grieta acelera, recorre la superficie y de pronto, en un instante, sólo quedan trozos inservibles. Así. Primero encontraron las cartas, después el enojo recorriendo las vísceras. Un plan muy bien elaborado. Un cumpleaños, un coche, el avión. La fisura se ensancha. Se vuelve brecha. Destruye.

La primera llamada al presidente del Consejo la hizo Samuel. Moisés acompañaba a su hija y, entre investigadores, pistas, viajes y juicios no tenía tiempo de pensar en otros asuntos. El presidente del Consejo escucha mientras el hombre le explica que, por supuesto, no puede seguir siendo socio de su ex consuegro a quien deberán correr de inmediato. El director le responde que no hay razón alguna para sacarlo de la sociedad, no ha hecho nada ilegal. Pero entiende que no pueden continuar siendo socios, ni miembros del mismo Consejo. Le promete convocar una junta extemporánea para decidir quién permanece.

Doce hombres que hasta entonces eran amigos de mis abuelos, ahora se ven obligados a tomar partido.

Uno de ellos tiene que vender sus acciones.

Samuel mira a Moisés con desprecio.

Moisés quisiera mantener las cosas en calma, es un hombre pacífico que ya se cansó de tratar de que su punto de vista prevalezca. Recuerda desde sus primeros años las peleas por protegerse, cuidar a sus hermanas, defender su religión y su integridad ante los soldados rusos, los vecinos antisemitas, las amenazas de sus maestros y muchos compañeros. Desde que llegó a México agradeció cada mañana poder caminar por las calles sin ser agredido, orgulloso de sus raíces y, sobre todo, de lo que día a día iba construyendo.

Samuel es guerrero. Ama y protege a los suyos con la misma pasión con la que destruye a sus enemigos. Las miradas compasivas de sus compañeros son hierros calientes que escaldan su piel. Lo lacera cada uno de los agravios cometidos por la misma sangre de quien fuera su amigo, su hermano. ¡Carajo!

Moisés defenderá a Valeria siempre, pero comprende el dolor de su oponente, finalmente dejaron solos a sus dos hijos. Hoy no importa si sus matrimonios eran una farsa. Hoy la verdad, la única verdad que Samuel conoce es que lo traicionaron y eso se castiga. Hay muchas formas de romper a alguien y escoge la más dolorosa. Primero separar a la traidora de sus hijos, para siempre. Eso la destruirá. Después, igual que un dios inmisericorde y soberbio devastó a Job, Samuel planea arrancarle a su enemigo, uno a uno, todo aquello que le es importante. Ahora toca el banco.

Catorce hombres en una sala de juntas a puerta cerrada.

Cada uno sabe la historia de los otros. Algunos son del mismo pueblo, llegaron en circunstancias similares, sus vidas son lineales, siguiendo las reglas de la comunidad, del nuevo país, de su religión. Todos podrían caber en cajas del mismo tamaño, cuadradas y herméticas. Ser responsable, ganar dinero para mantener a la esposa, siempre judía, ir al templo, respetar las fiestas más sagradas, sobresalir del montón, ahorrar por si viene otra guerra, por si hay que volver a huir. Así crecieron y así educaron a sus hijos. Moisés recuerda cuando conoció a Samuel, eran unos jovencitos recién casados tratando de creerse adultos. Samuel le habló de grandes proyectos, de terrenos muy baratos en una colonia en las afueras de la ciudad, Polanco se llama, estoy adquiriendo enormes lotes de tierra ahí, ya verás que algún día va a valer mucho. Para mi abuelo materno lo único que hacía sentido era comprar fierros, tubos, válvulas, cosas que se pueden ver, pesar, tocar. Los terrenos no le llamaban la atención. Pero de inmediato le atrajo la mirada deslumbrante del hombre que parecía no caber en un cuerpo pobre; su piel estaba destinada a vestir cashmere de la más alta calidad y sus pies, a calzar zapatos hechos a la medida.

Samuel parece tomar nota de lo que se dice en la junta, pero en realidad trata de contener el ardor en la garganta que se sube a las memorias y pretende darles vida. No quiere recordar el día en que él y Moisés se dieron un apretón de manos, sellando el compromiso de sus hijos. Ésta es una alianza hecha por Dios, no puede haber unión más bendita, es una señal de la perfección del destino. No quiere que su memoria lo sacuda con escenas de la noche anterior al matrimonio, cuando Leo le pidió cancelar la boda. Vas a estar bien, le dijo, yo me encargo. Y sí, hasta entonces pudo controlarlo todo y a todos. Pero Valeria se salió del guion y eso no es aceptable.

Moisés entiende que ese matrimonio ocurrió porque él se empeñó en creer que era lo ideal. Recuerda a Valeria vestida de novia, bellísima, apenas una jovencita. Quiso creer que estaba enamorada, hoy se da cuenta de que trató de ilusionarse para darle gusto a él.

Mira al frente, donde encuentra los ojos de su consuegro. Los dos sostienen la mirada. Los dos entienden que ninguno va a ceder. Aunque adentro puedan reconocer la verdad del otro, hacia fuera sólo puede haber un vencedor.

Uno de los dos tiene que renunciar.

Se escucha la voz contundente del presidente del Consejo. Moisés y Samuel salen de golpe de sus pensamientos. Los doce hombres los miran, van de una cara a la otra, haciendo mentalmente sus apuestas.

42

Moisés era ferretero. Ésa era su pasión y logró hacer una enorme empresa.

Moishe fue uno de los primeros inmigrantes que llegaron a México en la época de Álvaro Obregón. Le encantaba platicarme las historias de aquellos tiempos. Las repetía una y otra vez, pero siempre parecían relatos nuevos, porque al viejo le brillaban los ojos con la emoción de estar abriendo camino.

Varias veces me contó cómo uno de sus amigos lo citó una tarde a su casa. Tengo una idea, le dijo, pero necesito de tu ayuda.

A la reunión habían sido convocados ocho *shif brooders*, los hermanos de barco que llegaron juntos a un país equivocado, pero generoso. Después de los saludos y de ponerse al día, el hombre sacó una caja. Cada uno ponga aquí la cantidad que pueda. Vamos a fundar un banco. Necesitamos un lugar seguro para poner nuestros ahorros, ya no es posible seguir guardando el dinero en cajones y las instituciones de este país son frágiles. No les tengo confianza.

Así fue. Al menos eso me contaba mi abuelo, Todos pusimos dinero en la caja y con eso se hicieron los trámites legales para instituir el Banco Mercantil de México.

Moisés invitó a Samuel a comprar acciones y formar parte del Consejo cuando pensó que estarían unidos de por vida.

Ahora se va a decidir cuál de los dos dejará el banco. Todos piensan que Moisés va a ceder. Samuel es mucho más fuerte y nunca acepta tener el pedazo pequeño del pastel, acostumbrado a tomar decisiones con la balanza siempre inclinada a su favor.

El presidente informa que ambos miembros le han comunicado su oposición a permanecer juntos. ¿Alguno de los dos quiere salir voluntariamente y vender sus acciones al resto del grupo? Los hombres niegan con la cabeza. Como lo marcan los estatutos, vamos a deliberar para decidir por mayoría de votos quién subsiste. Por favor salgan del recinto mientras se lleva a cabo la votación.

Moisés y Samuel salen. Cada uno se va a otro rincón del pasillo de mármol helado que cala los rencores.

El voto es secreto. Moisés y Samuel no sabrán quién fue amigo y quién los traicionó. A lo largo de la vida, cada uno de los miembros del Consejo se va a acercar por separado a uno y otro a decirles que su decisión fue por él. Moisés y Samuel quieren creerles, se dan unas palmadas en la espalda y las amistades siguen.

Se votó, dice el vocal, que Moisés, por ser uno de los socios fundadores, permanecerá. Samuel, tus acciones se van a repartir entre todos los socios y te pagaremos la cantidad correspondiente.

El vencido se pone de pie, mira a cada hombre directo a las pupilas y sale azotando la puerta.

Es verdad que en esta ocasión Moisés fue el vencedor, esto debería dejarle un sabor dulce. Sabe que Samuel se habrá enfurecido y le da gusto. Y, sin embargo, no puede gozar la victoria. El negocio más importante que quiso hacer, aquel que prometía todas las ganancias, genera hoy su mayor dolor. Al rubricar con Samuel el matrimonio de sus hijos, selló la destrucción de muchas vidas.

En esa empresa que quisieron construir, las acciones, bienes y propiedades terminamos siendo dos niños asustados a quienes nunca nos pidieron nuestro voto.

43

Carlos le escribe a Valeria una carta cada día, sin falta. Sabe que no puede ayudarla a encontrarnos, tampoco puede eliminar el dolor profundo y seco que la asedia. Tan sólo puede asegurarle que la ama y que ese amor será suficiente para transitar la vida juntos. Como sea, a donde sea, aunque la distancia de tanto mar y tanta ausencia a veces parezca insalvable.

Valeria llevaba dos meses en París. Los investigadores estaban seguros de que nos encontrábamos en la Ciudad de las Luces, pero aún no lograban definir dónde. El agente de la Interpol confiaba en que sería cuestión de días, quizá semanas. No más.

Dos meses esperando.

Casi no la dejan sola. Cuando no están sus papás, llega su hermana, alguna amiga. Todos tratan de distraer la atención de la mujer que sólo puede pensar en sus hijos. ¿Se le habrá caído algún diente? ¿Cuántas gripas les han dado sin que yo les prepare té de yerbabuena y les compre dulces de anís? ¿Me extrañarán?

Su zozobra se mitiga cuando lee las cartas de Carlos. Por unos instantes siente que hay vida entre tanta desesperanza. Pero el dolor la revuelca, y otra vez se ahoga.

Alguna vez me quedé sola, me cuenta mi madre. En Francia los fines de semana nadie trabaja. Los días se hicieron del tamaño de los abandonos. Era octubre y, para mí, podía haber sido marzo, noviembre... Sólo horas sin rumbo. Camino por callejones repletos de sombras que atraviesan mi cuerpo, mi oscuridad, mi ausencia. Voy esquivando la angustia, pero al hacerlo esquivo también la esperanza. Hay luz. Esa mañana debió de haber salido el sol por el oriente. Supongo. Las calles se alargan como siluetas reflejadas en lagos. Hay esquinas en las que me detengo. Supongo. Camino envolviendo mi cuello con una mascada, ¿me protejo del frío?, ¿de la soledad?, ¿de la posibilidad de jamás encontrarlos? Paredes de piedras viejas se elevan hasta techos de tejas grises, todos a la misma altura, centinelas que observan mis pasos lentos. Mis pies avanzan pero yo estoy paralizada en un mismo espacio, adentro. Adentro, ahí donde se esfuman las posibilidades.

Caminaba por Saint Germain des Prés cuando me encontré una agencia de viajes que organizaba paseos en tren cerca de París. Pensé que distraerme un rato sería una buena idea, escapar de esas avenidas que tanto había amado; ahora, laberintos sin salida.

Espero a que me reciban. Decido ir a Rouen, visitar la catedral, recorrer las calles en las que Juana de Arco combatió con el último aliento de su osadía.

Una mujer levanta la vista, *le suivant*, exclama. Valeria se sienta frente a ella y le explica que quiere ir a Rouen, Estoy esperando noticias de mis hijos, dos chiquitos de cinco y nueve años que se robaron hace casi un año y no los he visto. Era el día del cumpleaños de mi niña y no pudo ni siquiera abrir sus regalos. Estoy desesperada porque su padre no me los quiere devolver… Y comienza a llorar sin consuelo. La agente de viajes no sabe qué hacer. Perturbada, gira la vista. Trata de decir algo. Valeria ya no escucha. Llora con todo el cuerpo. Las personas en la sala de espera se retuercen, esquivan incómodas la mirada, tosen. Se acerca un guardia y con aparente amabilidad, pero mucha fuerza, levanta a mi madre de su silla y la empuja afuera, *tout va bien se passer*, le dice.

Seguí caminando sin rumbo. No podía parar de llorar. *Tout va bien se passer,* me repetía la cabeza mientras la resquebrajadura en el pecho se hacía más insondable y lóbrega.

¿Cuándo?

44

Los altos tribunales de Jerusalén dictaminaron que Leo nos tenía que regresar a México para que se hiciera un juicio de patria potestad. No se puede tener a dos niños deambulando por el mundo, necesitan ir a la escuela, tener familia, estructura. El juez da con su mazo el golpe con que sella la sentencia.

Valeria no lo puede creer. La abrazan mis abuelos, su hermana. Lloran y celebran. Mi madre no quiere creerlo, no todavía. Necesita cerciorarse de que esto no es una vez más el espejismo del final. No quiere llegar al aparente pozo de agua que volverá a llenar la boca de arena y sabor a vértigo. Mira al juez, él sonríe. Sabe que ha tomado la decisión correcta. La sonrisa desarma a mi madre. Por primera vez en veinte meses se permite bajar la guardia. Se rinde y llora. Llora por cada uno de los instantes en los que guardó el llanto para no perder fuerzas. Lleva la mirada hasta las caras de Leo y de Samuel que en ese momento hablan con su abogado. No despega los ojos del hombre que alguna vez fue su marido. Mi papá parece sentirlo y le regresa la mirada, en ella acepta el dictamen. La guerra ha terminado, escucha Valeria desde las pupilas brillosas del enemigo vencido.

Leo acepta, pero pide unos meses para que terminemos el año escolar en Israel. Es una petición lógica, por el bien de los niños. Tratemos de afectarlos lo menos posible ahora que sus vidas volverán a dar un vuelco, suplica mi padre al juez. El magistrado sabe que la petición es válida, sin embargo, siente un pellizco en la boca del estómago. Su intuición le dice que no acepte, pero no tiene opción.

¡Concedido! Una vez más el mazo golpea la barra de madera. Valeria clama. Ana aprieta su mano, Son sólo unos meses y los vas a tener de regreso, aguanta, hija, ya es el final del calvario.

Mi madre vuelve a México a preparar todo. Busca esquivar la angustia redecorando el departamento, quiere que lleguemos a un lugar luminoso, limpio, nuevo, pero familiar. Cambia las cortinas, compra sábanas, acomoda los ganchos en los clósets. Quita la ropa que siguió colgada casi dos años, pantalones, vestidos, blusitas que ya no nos van a quedar. Deja el espacio para llenarlo de prendas nuevas, ropa que iremos a comprar los tres juntos, los tres tomados de las manos, comiendo un helado. Riendo felices. Mi mamá y Angelina, mi adorada nana, limpian y acomodan. Oso brinca a su lado, como adivinando que ahora sí, dentro de muy poco, cada tarde llegaremos, como antes, en el camión de la escuela.

Valeria y Carlos se escapan a caminar por los parques. Él le habla de futuros en los que somos familia, en los que cada mañana ella nos verá despertar y podrá contarnos cuentos por la noche. Abrazar a Carlos es lo único que le permite transitar los días. Uno menos. Cada vez es uno menos.

Sabe que va a ganar la patria potestad, sus abogados le aseguran que los jueces dan la preferencia a la madre, a menos que tenga algún problema serio. Además esto del secuestro no hace quedar muy bien a Leo. Es cuestión de semanas.

En el kibutz se respira un ambiente encharcado. No sé qué sucede pero sé que hay algo diferente en las miradas de los adultos.

Leo había prometido que seríamos parte integral de la familia del kibutz, ese enorme grupo que se protege durante los ataques y se alimenta en la bonanza. De ahí se forman nuevos matrimonios, nacen niños sabras, israelís que llevan en las venas las ganas de lograr lo imposible. Por ser muy rico, Leo es un enorme baluarte para ellos. Al llegar prometió construir una alberca, una casa para los viejos, donar muebles. Y siguió prometiendo. Hoy avisó que nos vamos. No da muchas explicaciones, aunque en el kibutz conocen de un modo u otro la situación. Los chismes tienen una forma incisiva de escapar de las lenguas y explotar como esquirlas en cualquier parte.

45

Volvimos a México.

Llegamos en la noche a una casa en alguna calle de las Lomas de Chapultepec. Una mansión de rejas blancas y jardín. Mi hermano y yo tenemos una recámara para cada uno, cama a nivel de piso, baño propio. Todos los lujos que debería saborear y, sin embargo, extraño mi litera de arriba, el cuarto abarrotado, la regadera común en la que cada mañana peleábamos por ser los primeros, antes de que se acabara el agua caliente.

Mi papá nos explica que debemos mantenernos dentro de la casa, que en su ausencia no vayamos a salir porque aquellas personas que quisieron robarnos en París, ¿se acuerdan?, dice con la voz grave, los de los coches negros afuera de la escuela... ellos pueden llevárselos. Cada mañana va a venir una maestra a darles clases, los van a visitar los abuelos y sus primos. Aquí tienen lo necesario y es sólo un rato, hasta que volvamos a Israel.

Las explicaciones de Leo eran escuetas. A veces decía una cosa y al instante se contradecía, pero nosotros le creíamos. Y si no hubiera sido por la voracidad científica de mi hermano, tal vez habríamos obedecido. Un día, se asomó por la reja cubierta de hiedra que separaba nuestro jardín de un terreno baldío donde había muchas plantas silvestres, entre ellas unas magníficas mimosas púdicas que al niño le parecieron un tesoro imposible de ignorar. Son unas plantas asombrosas, me explicó con la boca llena de adjetivos, cuando las tocas se cierran, como si les diera pena y después, no lo vas a creer, ¡se abren solitas!

Al día siguiente, cuando la maestra se había ido, Leo estaba fuera y la muchacha lavaba en la azotea, mi hermano me susurró, ¿vamos? Titubeé un poco, ¡Las mimosas se cierran cuando las tocas! Vamos, dije.

Las llaves de la puerta principal colgaban de un clavo en la cocina, mi hermano las tomó. Con mucho sigilo abrimos. Los latidos y la adrenalina no me dejaban respirar. Él se asomó, y cuando vio que todo estaba en orden, que no había coches negros esperándonos, me tomó de la mano y corrimos.

Sobre charcos y piedras, cada paso nos acercaba a las mimosas, el sol hacía brillar nuestros ojos, éramos Livingstone descubriendo los confines más lejanos de África. Primero, con mucho cuidado, las acarició él, las plantas se cerraban al tacto, una hoja tras otra. ¿Tienen miedo?, le pregunté al jefe de la expedición. Tal vez, me respondió. Imaginaba los corazones de las plantas latiendo tan vertiginosamente como el mío, presentía sus raíces temblorosas como mis piernas. No les vamos a hacer daño, les dije muy bajito, para que mi hermano no se burlara de mí por hablarle a unas hierbas.

Hay que regresar, me dijo después de un rato. Al salir del terreno y a punto de entrar a la casa, advertimos un coche que, al vernos, frenó en seco. Se detuvo unos instantes y arrancó. En aquel momento no hicimos caso. No supimos que ahí empezaba la segunda parte de una historia que parecía no tener fin.

46

Mientras esperan nuestra llegada, Valeria y Carlos disfrutan estar juntos, sin investigadores, sin miedo, sin la desesperanza de la búsqueda. Van a comer churros con chocolate caliente, al parque, al cine, a veces a bailar. A Valeria le duele la comisura de los labios, había perdido la práctica para sonreír y ahora parece hacerlo sin tregua, se deja ir. Escucha sus carcajadas y le encanta cómo resuenan.

Angelina, mi nana, ha dejado de llorar. Agradece a san Judas Tadeo, a quien tuvo de cabeza en un altar desde el primer día del Viaje; pese a que sus amistades le decían que a él no había que ponerlo de cabeza. Ése es san Antonio, insiste su comadre, pero Angelina no se quiere arriesgar. Hoy lo vuelve a poner de pie.

Durante esos dos años se le pidió a cualquier deidad que estuviera a la mano, en cualquier idioma, por el regreso de los niños. Valeria tiene un racimo de amigas brujas, magas, numerólogas, que a su vez conocen chamanes, curanderos y sanadores; a cada uno se le rogó que convocara a los astros.

Al parecer, aunque lentas, las divinidades cumplieron su misión. Una vez que los altos juzgados de Jerusalén dieron su veredicto, las autoridades de México determinaron una fecha límite para que Leo regrese y comience el juicio por la patria potestad.

Hoy es el día que se impuso para el regreso.

No existen vuelos directos de Israel a México, Valeria supone que nuestro padre cortó el viaje en dos, quizá hemos estado unos días en Nueva York, tal vez Atlanta. No ha recibido noticias. Imagina que estaremos aterrizando en la Ciudad de México en cualquier momento.

Llama a uno de los investigadores para que averigüe en qué vuelo llegaremos. Una hora después tocan a la puerta. Mi mamá corre a abrir y ve al agente.

Lo siento.

Una vez más la mirada esquiva de quien no quiere decir la verdad, una vez más un, Lo siento que nadie siente, excepto ella. Otra vez sin respuesta; se perdieron las migajas de pan que pretendían marcar nuestra trayectoria desde la ausencia hasta sus brazos.

En el kibutz les informan que salimos hace más de un mes.

La desesperanza tiene una forma de engullir las fuerzas. Valeria percibe cómo se drena su energía. Sale a borbotones por los oídos que retumban con un rechinido ensordecedor.

Transcurren semanas. Se vuelve a echar a andar el equipo de abogados e investigadores. Nada tiene sentido, no hay pistas. Parece que esta vez nos fuimos a un lugar inexistente, imposible de encontrar. El mundo es descomunal. Tiene demasiados rincones. Demasiadas guaridas.

Mi hermano y yo entramos a la casa. ¿Viste el coche?, le pregunto. No pasa nada, me responde. Mañana vamos por más mimosas ¿va? Quiere parecer fuerte. Después me confesaría que estaba aterrado. Sí, vio el coche, se percató de una mujer que nos miraba fijo. Entramos a la casa sin que nadie notara nuestra ausencia.

Mi mamá llora. Carlos está desesperado. Mis abuelos caminan los pasillos del departamento al que tendríamos que haber llegado hace semanas. Tratan de encontrar respuestas, pero no hay señales. Samuel no responde el teléfono, la ex mujer de Carlos ignora sus preguntas. Pasan los días. Valeria ha olvidado de dónde sacó la fuerza que durante dos años la impulsó a recorrer el mundo. Hoy no logra salir de su cama. Bañarse le resulta una hazaña. Carlos la ve mover la comida de un lado al otro del plato, sin probar bocado. Vamos a hacer lo que sea necesario, le dice, pero la mujer ya no encuentra el impulso para decir, Sí, vamos.

Suena el teléfono. Contesta Angelina.

Mi nana entra al cuarto de Valeria. Carlos le hace una señal de no hacer ruido, por fin mi mamá se ha quedado dormida. Angelina lo mira y en sus pupilas se ve el grado de urgencia. Carlos sale despacio y entrecierra la puerta.

Joven, venga pronto, una señora dice que sabe dónde están mis chiquitos, que los vieron. Angelina llora desconsolada mientras Carlos corre al teléfono.

Cuando una película es mala, la trama se vuelve poco creíble. El público mueve la cabeza diciendo, Ésta no me la compro. Cuando un imposible ocurre en la vida, algunos lo consideran casualidad, otros lo llaman milagro. La voz, acelerada, explica como queriendo vomitar la información y salir corriendo, Acabo de ver a los niños que fueron robados por su papá. Los reconocí por las fotografías en los periódicos. Los vi entrando a una casa. ¿Quién habla?, pregunta Carlos. Prefiero no decir, no me quiero meter en asuntos tan turbios, pero estoy segura de que ustedes sabrán hacer lo correcto.

La mujer da la dirección y cuelga.

47

Durante El Viaje, la vida fracturada amanecía sin rumbo. Al acostarme, miraba con mucha atención mi entorno. Trataba de memorizar el color de las cortinas, el papel tapiz y el olor especial que tienen las cosas cuando las hacemos nuestras. Si mañana nos vamos, si este espacio deja de ser mío, al menos lo voy a recordar siempre.

He olvidado casi todos los lugares. Algunos se confunden entre sí. Hoy entiendo que nunca me pertenecieron. Sin embargo, lograron darme la sensación de estabilidad. La palabra hogar, desconocida entonces, prometía ya un significado profundo para el resto de mi vida.

Volví del Viaje a los siete años, pude empezar a contar la historia a los nueve o diez. Al ver la reacción de asombro e incredulidad en los oyentes, entendí que no era común. Me di cuenta de que esas cosas no suceden en las familias normales y, por lo tanto, me sentí diferente.

Hoy diferente es bueno, pero cuando eres una niña lo único que quieres es traer la misma ropa, el mismo juguete y los mismos lápices de colores que tus compañeros. A esa edad, diferente es malo, da vergüenza y tiene que ocultarse. Como yo nunca he sido buena para esconder las cosas, pero sí muy hábil para inventarles entornos, decidí contar la historia llena de asombros... algunos verdaderos, supongo, otros, estoy segura que no. Hoy ya no sé cuál es cuál. Pero la sigo contando.

Muchos de esos recuerdos, que aún no eran míos, estaban guardados en la caja de zapatos. De vez en cuando me asomaba a la repisa, dentro del clóset del cuarto frío, para asegurarme que seguía ahí.

Ese espacio fue transformándose de la cueva de Alí Babá, a una bodega polvosa en la que los cristales de las lámparas dejaron de ser joyas preciosas y las revistas pornográficas perdieron un poco de su encanto después de mi primer encuentro con un cuerpo de verdad.

Un día, cuando vi que Ana se iba extraviando entre el mundo de aquí y otro, mucho más lejano y permanente, decidí volver a abrir la caja. Acababa de cumplir dieciséis años y me sentía suficientemente adulta para manejar las emociones que aquella pesquisa pudiera traer. Abuela, ¿me dejas quedarme con esto?, quiero escribir una novela. Ella la arrancó de mis manos. De ninguna manera vas a escribir esta historia. Al menos mientras yo siga viva.

Nunca volví a ver la caja. Se deshizo de ella para callar mi necesidad de acomodar los hechos. Lo que no supo es que en ese momento la decisión de escribir la historia se volvió irremediable.

48

Carlos no sabe qué hacer con la información. Angelina lo mira consternada. Como es atrabancada quiere correr a decirle a Valeria que los niños están ahí cerquita, ahí nomás, ¡Vamos por ellos! Carlos la detiene, ¿Y si es mentira?, ¿si la mujer del teléfono se confundió con otros niños? Valeria no soportaría otra desilusión. Tenemos que averiguar bien. Tranquila, nanita, verá que ya casi termina esta pesadilla.

Carlos entiende que investigar implica poner sobre aviso a los otros, y conoce muy bien el poder que ha tenido Samuel para truncar las posibilidades de recuperarnos.

Busca la manera de confirmar si lo que dijo la mujer en la llamada anónima es verdad. Si en realidad estuviéramos en México está seguro de que nos irían a visitar nuestros familiares más cercanos.

La relación familiar que unía a Carlos y Valeria era sólo una de las piedras que se interponían en su amor, sólo una pero del tamaño del peñón de Gibraltar. Eran concuños, es decir, que sus respectivos hijos, o sea nosotros, éramos primos hermanos. Primos de esos que comen juntos los domingos, que son los primeros invitados a las fiestas, que son más que amigos porque los une la sangre.

Cuando nos fuimos al Viaje, les dijeron que Leo nos había llevado de excursión, que estábamos felices, que quizá, si se portaban bien, ellos también podrían ir a un paseo largo algún día. Después regresamos y, lejos de estar contentos, platicando anécdotas y llenos de regalos, se encontraron con unos primos asustados, que no hablan su lengua materna, que no los reconocen. Chiquillos, como ellos, pero que no van a la escuela, no tienen amigos y están siempre encerrados en su casa. Por si esto no fuera suficiente, les advirtieron que no podían decirle a nadie de nuestro regreso. Es muy muy importante, les recalcaban cada vez que nos iban a visitar.

Dos niños, apenas unos años mayores que nosotros, cargando el peso de tantas intrigas. Y es que este asunto revolcó incluso a los que no se sabían adentro del mar.

Carlos llama a su ex mujer y le dice que va a llevar a comer a sus hijos al lago de Chapultepec. Ella está furiosa, lo detesta, pero en el contrato de divorcio se estipuló que él tiene derecho a ver a sus hijos. No le queda más remedio que aceptar a regañadientes, Los traes antes de las cinco porque tienen clase de matemáticas.

Al final de la comida toma el pan de la canasta y les dice que vayan a dar de comer a los patos. Los niños están felices, se ríen y se pelean por las migajas. ¿Qué tal si la próxima vez invitamos a sus primos? ¡Estoy seguro de que les va a encantar! No los dejan salir, responde de inmediato la niña. Su hermano le grita que se calle. Carlos hace como si no hubiera escuchado y sigue platicando de otras cosas.

Carlos vuelve de la comida, emocionado con la noticia. Todo parece indicar que la información que dio la mujer es cierta. Ahora deben decidir qué hacer. Conoce los trámites legales y sabe que pueden demorar varios días. Y ya no hay tiempo.

Entra al cuarto en penumbras. Valeria dormita. Su almohada está empapada por el sudor y la tristeza. Mi amor, le susurra, ya sabemos dónde están los niños. Ella se incorpora, la invade un terrible mareo. Se estremecen imágenes de aeropuertos, viajes inhóspitos, engaños y dolor.

Están aquí, en México, a unas cuantas cuadras.

Si hubiera dicho que estábamos en algún pueblo de la Toscana, en Madagascar, en la Unión Soviética, con calma y parsimonia Valeria habría sacado la maleta para empacar dos o tres cosas antes de partir. Una vez más. Una faena ya muy conocida. Pero sabernos al alcance de sus manos la enloqueció. Lloraba y entre sollozos le suplicaba a Carlos que se apurara, Tenemos que ir por ellos, ¿Qué esperas? Se desviste para tomar una ducha, se arrepiente. Vamos, grita. Entra al vestidor y comienza a sacar ropa. ¡Vamos! El hombre la abraza, la sostiene, le susurra que se tranquilice. Sí, vamos a ir por ellos, pero tenemos que ser muy cautelosos, no debemos arriesgarnos. Si nos descubren, se los van a volver a llevar. Valeria se sienta desfallecida y escucha. Carlos le cuenta de la llamada y de la charla con sus hijos. Valeria entiende que ya no puede confiar en la ley, mucho menos en las promesas de nuestro padre.

Se cuestionan, debaten, planean. El miedo tiene una forma de opacar la razón y llega un momento en el que los pensamientos parecen enmohecidos.

49

El incidente de los poemas de amor de Carlos, envueltos en pañuelos, no quedó así. Por supuesto que no. Leo esperó a que Valeria regresara de San Antonio. A medida que pasaban las horas su furia se hacía más áspera. El veneno se concentraba, volviéndose un amasijo de venganza.

Mi madre regresó de su viaje aparentando tranquilidad, aunque en realidad apenas podía mantenerse en pie. No dijo nada a su mamá ni a su hermana, prefirió ver cuántos grados Richter se perfilaban antes de poner en alerta a sus quereres.

Abre la puerta del departamento. Mi hermano y yo corremos a sus brazos. Te extrañé mucho, le digo. Yo a ustedes. Vengan, les traje regalos, vamos a abrir las maletas.

Leo permanece de pie. Mira furioso a Valeria. En cuanto se duerman los niños hablamos, le dice su mujer.

Me acuerdo de un vestido de flores azules con una tarlatana que lo hacía danzar cuando caminaba. Me lo puse luego luego, sin esperar a que Valeria siguiera sacando las otras cosas que nos había comprado. Mira, mamá, baila, y contorsionaba mis caderas para hacer que las flores azules giraran. Entonces, Valeria sacó de la maleta unos calcetines, ¡También con flores azules! Brinqué de alegría, me los puse, abracé a mi mamá y corrí a buscar a Leo para enseñarle mi regalo. Mi padre me miró y se limpió una lágrima, Me entró algo al ojo, me dijo disculpándose. Se le habrá metido ese futuro que estaba a punto de estallar. Me habría gustado que se le insertara la imagen de una niña de cuatro años que bailaba al caminar con su vestido nuevo, y que hubiera reflexionado que tal vez era mejor olvidar el cajón de pañuelos, o al menos, que decidiera tan sólo divorciarse como lo hace la mayoría de la gente.

Leo confrontó a Valeria. Ella aceptó estar enamorada de Carlos. No lo podemos evitar. Hemos tratado, pero hay algo más fuerte que la sensatez.

Ése fue el momento en el que Valeria comprendió que estaba dispuesta a enfrentarse a cualquier cosa. Darse cuenta fue como un maremoto que la llevó a las profundidades más escabrosas. Valeria entendió que ya se había ahogado, a pesar de que las ondas expansivas apenas se iban formando.

No estaba segura de nada, me dijo aquella noche que dormimos juntas en París. Los dos casados y, además, con hermanos. La situación, ya de por sí complicada, en este caso era como el nudo de un collar, de esos que se hacen más apretados y enredados cuando los tratas de deshacer.

50

Cuando su mujer le confesó que estaba enamorada de su concuño, mi padre dejó de hablar. Los reclamos, las amenazas, los insultos resultaban absurdos. Leo se fue a dormir al despacho. Valeria se quedó viendo el techo, deseando hablar con Carlos. Sabía que no podía llamarlo hasta la mañana siguiente. ¿Qué iba a decir? La responsabilidad era de ella, fue ella quien descuidó los poemas y los dejó al alcance de su marido. Ahora las consecuencias le pertenecían. Su matrimonio ha terminado. Pero ¿y Carlos? ¿Y si decide permanecer con su esposa?

Hablaron tantas veces de irse juntos, de viajar. Pero no es lo mismo soñar desnudos, ceñidos a un futuro, que estar en una realidad donde hay tanto enojo, tanto juicio, tanto veneno.

Valeria se quedó dormida. Yo la desperté en la mañana suplicándole que me dejara ir a la escuela con mi vestido y calcetines nuevos. Te prometo cuidarlos mucho, le dije. Valeria me miró y a ella también se le debe de haber metido algo al ojo, porque le escurrieron unas lágrimas espesas y largas.

Valeria entró a bañarse y justo cuando salía de la regadera sonó el teléfono, era su suegra. Necesitamos hablar.

A mi suegra la quise mucho, me dice mi madre. Galya era una buena mujer, eso sí, dominada por su marido. Pobrecita, creo que hasta pensar le daba miedo, no fuera a ser que él pudiera leer su mente. Galya sabía que cualquier decisión, incluso las más triviales, tenían que pasar por el escrutinio de Samuel. Mi abuelo parecía tener dotes de adivino, porque si la mujer se salía de su línea de mando, de inmediato y con una sola mirada la ponía en su lugar.

Mi suegra y yo nos llevábamos muy bien, dos veces a la semana íbamos a jugar golf y platicábamos. Alguna vez me dijo que me quería más que a su hija, a quien no entendía para nada. Esa hija que estaba casada con Carlos y ahora era uno más de los trozos desperdigados entre el tiradero. Valeria traga saliva. Sí, suegra, vamos a hablar.

Se encuentran en un café. La mujer mira a su nuera con ternura. Realmente la quiere y sabe que esas cosas suceden, no es la primera, ni será la última. ¿Piensa, quizá, en alguien con quien a ella le hubiera gustado atreverse? Siempre hay ese alguien. A veces es sólo quimera; otras, se hace real y ahí empiezan los problemas.

O empieza la vida.

Leo me contó de los poemas, le dice Galya tranquila, bebiendo a sorbitos su té de canela. Entiendo que te hayan enamorado sus palabras, *meidele*, pero son sólo letras. Valeria, con Leo tienes dos hijos, una buena vida, dinero y amigos. Él te adora y está dispuesto a dejar pasar el incidente. Pero tienes que prometer que vas a olvidar esas tonterías. No le hemos dicho nada a mi hija y así se puede quedar.

Valeria baja la mirada. Respira profundo. Tan sólo pensar en la posibilidad de tener que dejar a Carlos le acribilla el aliento. No le preocupa perder a su marido, no le asusta el divorcio, ni el escandalo comunitario o la vergüenza de sus padres. Lo único que hace que en sus entrañas la inunde un miedo con sabor a apocalipsis es la idea de no volver a abrazar a Carlos.

Hija, ¿estás enamorada de él?, preguntó Galya, dando un sorbo al té caliente. Sí, respondió mi madre. No pudo mentir. No, suegra, no lo amo, hubiera sido una frase que pondría pausa a la hecatombe. No pudo. Sí, estoy enamorada de Carlos, dijo. A ella misma la sorprendió escuchar su voz aceptando su culpa sin rastro de arrepentimiento. Ya habían sido demasiadas mentiras. Mintió cuando consintió ser novia de Leo y cuando se volvió su esposa. Mintió cada noche en que hizo el amor con los ojos muy apretados para estar lejos, al principio, y con Carlos después. Ya no le cabían más apariencias en el pecho y por eso tuvo que expulsar la verdad. La más absoluta y contundente verdad.

Sí, estoy enamorada de Carlos.

Su suegra la miró como se ve a los borreguitos antes de llevarlos al matadero. Dan tristeza, pero su muerte es inminente. Necesaria.

Galya sabe que su esposo no va a ser indulgente. Samuel no soporta que quieran verle la cara de idiota, él debe tener siempre la mano ganadora. Si no es por las buenas, entonces será por las malas, quizá su ruta favorita.

No te deseo el mal, le dice. Pero el camino que estás tomando no tiene otra salida. Créeme, Valeria, no sabes con quién te estas metiendo. Samuel es implacable, lo he visto destruir muchas vidas... traicionar a sus dos hijos. Poner en la boca de la gente su apellido, el nombre por el que ha luchado cada día desde que llegó a este país. No puedo ni imaginar cuál va a ser su reacción.

Valeria escucha las palabras de su suegra. Sabe que habrá consecuencias y lágrimas. Pero jamás sospecha lo que realmente va a suceder.

¿De haberlo sabido qué hubieras hecho?, le pregunto. Mi madre calla y reflexiona. Durante esos dos años hubo instantes en los que dudé, hubo momentos en los que maldije el día en el que me enamoré de Carlos. Pero jamás dejé de amarlo. Hoy entiendo que todo valió la pena. ¿Sabes, hija? Conozco a muy pocas personas que pueden decir que vivieron junto al amor de su vida, de cualquier vida, de todas las vidas.

51

Me recuerdo sentada en un sillón de terciopelo café. Estamos frente a una televisión en la que vemos la caricatura de un niño japonés que saca fuego de las botas y se eleva, como cohete. Así vuelo yo, pienso, pero sin fuego. Siento un calambre en la boca del estómago, esos revoltillos que suceden por las ganas de no pensar. Así vuelo yo, y así llevo a pasear a mis amigos. Y al niño aquel que poco a poco se desdibuja en mi intento de acomodarme a un mundo nuevo sin él. Sin todo lo que, casi la mitad de mi vida, había sido mi única existencia.

Saboreo un pan con mantequilla de cacahuate. Le doy una mordida, después otra y antes de la tercera escucho un estallido. La cocinera corre hasta la puerta, ve la cerradura hecha añicos. No pueden entrar, grita. Alcanzo a escuchar la voz de una mujer que defendiéndose, responde, A una madre no se le quitan sus hijos.

Mi hermano me toma con fuerza de la mano. Se cae el pan.

Entran cuatro gigantes. No parecen reales, traen pistolas y unos chalecos negros que huelen a catástrofe. Mi hermano se levanta. Antes de dar un paso, uno de los hombres lo eleva por la cintura. Mi madre suplica que tengan cuidado. El niño se contorsiona para zafarse y su cara golpea contra el brazo de hierro del guarura. De su nariz brota sangre que salpica mi cara.

A pesar de que el verdadero secuestro, realizado con papeles falsos y mentiras, lo hizo mi papá, el miedo regresa cuando evoco el momento en el que mi mamá nos recuperó. Chorrearon sangre, gritos, ansiedad. Nací a mi siguiente vida con el miedo y el dolor que me imagino debe de sentir un nonato al salir del vientre materno. Un túnel negro, el estremecimiento del ahogo, llegar a los brazos de alguien extraño que nos ama y que, en ese instante, nos lastima.

El temido coche negro se materializa y es aún más terrorífico que el de mis pesadillas. La piel de los asientos huele a tenis húmedos. Mi madre llora y trata de abrazarnos a los dos al mismo tiempo, pero el gigante le dice que debemos mantenernos con las cabezas agachadas hasta llegar a nuestro destino.

A mi hermano ya no le brota sangre de la nariz. Le quedó una mancha roja arriba de los labios. Tiembla. Veo sus pupilas tan negras en ese perfecto círculo de agua. Ojalá yo hubiera heredado esos ojos, pienso. Son el verde de la mirada de mi mamá. Ella llora y nos jura que nos va a cuidar. Van a estar muy felices, nos repite, no tienen por qué estar asustados. En la casa los están esperando su nana y Oso.

¿Oso está vivo?, pregunto incrédula. Claro que está vivo, todo está intacto, tu cuarto y la casita de muñecas; y tu microscopio, le dice a mi hermano. Tu perro está esperando, todos los días sale a buscarlos a ver si llegan en el camión de la escuela y se pone triste cuando no los ve bajar. Pero espera y al día siguiente se vuelve a subir a la barda.

Oso está vivo. Yo lo abandoné. Lo cambié por otro perro que me hizo olvidar sus facciones y los ojos en los que me reflejaba cuando le daba besos en el hocico. Está vivo y me extraña. Por primera vez sentí el dolor agudo que nos da la culpa. Hasta el día de hoy, cuando percibo esa punzada, recuerdo el coche con olor a tenis, a mi mamá llorando, a mi hermano asustado y mi tristeza al darme cuenta que le había fallado a un ser que me siguió amando, a pesar de cualquier cosa.

Oso está vivo. ¿O tal vez no? Tal vez Valeria me está mintiendo para que me tranquilice. Mi papá había dicho que mi perro había muerto, que mi nana se fue, que mi mamá ya no quería vernos porque ahora estaba con Carlos. Leo nos fue dando estas noticias una a una, en diferentes momentos. Lo de Oso me lo dijo un día en que decidí que no iba a salir de mi cuarto hasta estar con él. Dile a los abuelos que lo traigan cuando vengan a visitarnos. Ellos siempre llegaban con maletas repletas de regalos. No voy a ningún lado hasta que esté aquí. Leo me levantó, muy cariñoso, me besó en la frente y me dijo, No te lo quise decir antes para que no te pusieras triste. Oso se murió.

¿Lloré? Supongo que sí. Lo que recuerdo con más claridad es que sentí un profundo odio por Valeria. Era su culpa, permitió que se muriera, no lo cuidó. En ese momento decidí que mi mamá era una mala persona y dejé de preguntar por ella.

Hoy, tantos años después, necesito saber. Le escribo a Leo, ¿Por qué me dijiste que Oso estaba muerto? Él responde. Me lo imagino con sus ojos tristes, cansado, ¿arrepentido? Todo tenía que morir, hija. Desaparecer para poder empezar de nuevo. Era la única forma de quitarte la tristeza de extrañarlo cada día. Es mejor arrancar la curita de golpe, aunque el dolor sea muy fuerte, se sentirá sólo una vez.

Nos arrancó la curita, la curita de nuestra mamá, de nuestra casa, de los amigos y la familia. De un tirón hizo que el dolor se volviera odio y el odio olvido… y, sin embargo, la piel siguió punzando.

Aquel día, en el coche negro, entre el miedo de mi hermano y las palabras de mi mamá, esas punzadas volvieron a doler. ¿De verdad está vivo? Le pregunté casi al aire. Sí, mi niña, en diez minutos lo vas a abrazar, me jura Valeria.

52

La boda civil de Valeria y Carlos es un recuerdo confuso. Ahí estuve y, sin embargo, apenas logro evocarla a partir de fotografías que me ha enseñado mi mamá. Vestido azul y pelo alaciado, esa edad en la que nuestro cuerpo resulta incongruente. Firmo el acta junto a mi hermano. Supongo que quería sentir que íbamos a ser una familia perfecta. Cuando me pregunten ¿quién es tu papá?, podré responder que Carlos, al menos ya era oficialmente el esposo de mi mamá y eso quizás lo vuelve un poco mi papá. Además, ya había decidido que me iba a cambiar el apellido sellando así la autenticidad de mi familia. Supongo que eso quería sentir y también imagino que no lograba sentirlo del todo porque en algún lugar de ese cuerpo inadecuado, estaba Leo.

Habían intentado casarse en dos ocasiones, una fue la ceremonia religiosa realizada por un rabino que se arropó la moral a billetazos. La otra, una boda realizada por un abogado corrupto que falsificó los papeles para darle gusto a su jefe, amigo de Carlos.

Varios años después, un pequeño grupo celebra a la pareja que, por fin, después de tanta turbulencia, puede casarse. Mi hermano y yo somos testigos. Nosotros, los hijos recuperados, lo único que hacía falta para que fuéramos familia. ¿Y los hijos de Carlos?

Mis primos hermanos fueron mis primeros amigos, a pesar de que eran mayores estaban siempre en mis fiestas y en las comidas familiares. Leo me cuenta que incluso nos visitaron en París o Roma, ¿Londres?... alguna de las ciudades en las que nos escondíamos.

Regresamos del Viaje, volvimos junto a mi mamá, ella y Carlos se casaron y nos fuimos a una casa nueva. Una familia de cuatro. Armónica y feliz.

El hijo mayor de Carlos llegó cuando ya estábamos instalados. Dormía en un cuarto construido como buhardilla, debajo del jardín y separado del resto de la casa.

Muchos años más tarde, cuando alguna vez trató de explicarme por qué odiaba tanto a mi mamá, ésa fue una de sus razones. Me mandó a vivir a ese agujero húmedo, me dijo.

Durante años escuché a Valeria explicando que simplemente no podía llevarse con su hijastro porque él no aceptaba ser parte de nuestra familia. Hasta se hizo su cuarto allá abajo para no vernos, nos decía.

La realidad es que se odiaron siempre, por sus muy particulares y legítimas razones.

La hija se quedó con su mamá. Así que mi primo se convirtió, por algunos años, en mi hermano, y mi prima, en una total desconocida y, a ratos, enemiga.

Carlos tiene una excelente relación con ambos, pero Valeria es la bruja que, en el cuento que cada día les reafirma su mamá, separó a su papá del amoroso lecho que compartían. Necesitaría una novela completa para contar lo que sé de su matrimonio, de los problemas, los arranques de locura, las amenazas y sinsabores. Porque la verdad es que un matrimonio no se acaba por una traición, la realidad es que el engaño ocurre cuando la línea queda plana, y sólo falta jalar el enchufe.

A lo largo del tiempo también la ex mujer de Carlos, mi tía y acérrima enemiga de Valeria, me narró su versión. Tengo cuatro horas grabadas en las que se entremezclan frases de enojo y otras de indiferencia. En realidad, nunca estuve enamorada de Carlos, me confiesa, me casaron con él a fuerzas, era un buen partido, con muchas influencias. Nunca estuvimos enamorados, pero sí convencidos de que podíamos hacer la vida juntos.

Tu mamá y yo éramos mejores amigas, y cuando me enteré de su romance, la verdad, enfurecí. Sigue relatando momentos, situaciones, me cuenta de sus otros esposos, novios, amantes. Después de todo ya habían pasado más de cincuenta años y pudo reírse, comprendiendo que existen situaciones que suceden porque no hay opción.

La historia de amor entre Carlos y Valeria tuvo sus afrentas. Los cuentos de hadas terminan con, "Y fueron felices para siempre".

El problema es que en la vida real después de ese final viene la oleada de lo cotidiano. Los días continúan cuando ya se ha cerrado la última página. El para siempre se extiende en despertares, a veces amorosos, otras no. Hay discusiones, maneras diferentes de pensar y, en este caso, hijos que ensordecen la felicidad.

Recuerdo peleas constantes, miradas gélidas, sonrisas sarcásticas entre mi mamá y mi hermanastro. Me daba miedo que de un momento a otro se volviera a romper la aparente normalidad de mi vida. Trataba de no crear problemas, obedecer y ser muy cariñosa con Carlos, para tapar el evidente ruido generado día a día.

Un verano se les ocurrió hacer un viaje para integrarnos como una feliz familia. El resultado resquebrajó mi idea del romance perfecto que había visto en tantas películas y que juzgué de carne y hueso entre Valeria y Carlos.

Llegamos a París. Habíamos rentado un departamento en la Rue du Bac. Los dueños eran una pareja de hippies rondando los setenta años, aún vestidos con camisas bordadas con flores multicolor y fumando mariguana. Mi hermano los nombró Mr. y Mrs. Pervert porque los cuadros, los libros y hasta la vajilla de su departamento contenían figuras con explícitas imágenes sexuales. Valeria empezó tratando de tapar algunas de las figuras y terminó riéndose de la situación. Estábamos en su ciudad favorita, estábamos todos, ella y nosotros. Dormía con Carlos como tantas veces añoró hacerlo cuando estuvo sola buscándonos. Este capitulo olía a para siempre, y eso la hacía feliz.

Entonces llegó el hijo de Carlos.

Valeria dice, llena de entusiasmo, Vamos al Louvre. Mi hermano y yo nos alegramos. Carlos va a despertar a su hijo. Nosotros ya nos bañamos, vestimos y terminamos de desayunar. Escuchamos la discusión, No voy a ir a ningún museo, estoy harto de tanta cultura, por qué no podemos hacer algo divertido, por qué tenemos que estar pegados a ellos todo el tiempo.

Carlos regresa al comedor. Mis ojos clavados en un croissant embarrado en mantequilla y mermelada. Valeria pretende no haberse percatado de los gritos que alcanzaron a oír hasta los más lejanos vecinos. ¿Le caliento el desayuno a tu hijito?, pregunta sarcástica. Hoy, él y yo nos vamos a otro lado, responde Carlos. Valeria lo rasguña con una mirada de hastío.

Ese viaje dolió.

Dolió porque entendimos que no existe una relación perfecta y supimos que entre Valeria y Carlos siempre estaría ese nubarrón que tiñe los cuentos cuando son de carne y no de tinta.

El conteo final es positivo. Fueron una gran pareja y estuvieron juntos hasta que los separó un infarto impulsivo y prematuro.

Sin embargo, sé, porque esas cosas se saben, que vivieron momentos muy difíciles y pasajes de desazón y dudas. Sé que los hijos de Carlos jamás aceptaron la presencia de mi mamá y sé, también, que ella no hizo un gran esfuerzo por cambiar esa situación.

Eran hijos del enemigo, me explica cuando le pregunto por qué nunca los quiso. Como cuando matamos hormigas poniendo un poco de veneno en su comida para que ellas después lo acarreen hasta su nido, así cada vez que tus primos iban con su mamá, ella les inyectaba odio y desconfianza, que después traían a nuestra casa. Jamás creyeron que su papá fuera feliz junto a mí y eso evitó que pudieran verme como algo distinto a la maldita mujer que separó a su familia.

Hoy puedo imaginar las discusiones a puerta cerrada, puedo percibir el dolor de Carlos al ver que nosotros lo considerábamos como un padre y que sus hijos detestaban a quien era el amor de su vida.

A mi primo lo quise como a un hermano. Pensé que su cariño por mí estaba aislado del odio que sentía por Valeria. Me equivoqué. Cuando Carlos murió, mi dizque hermano salió de mi vida, me negó y borró más de veinte años de convivencia. Hoy puedo entender que él también fue una víctima de esa situación que entró en los recovecos de cada persona que estuvo cerca. Supongo que en su vida, de una u otra forma, también hubo un teléfono gris de disco a través del cual escuchó palabras que le cuartearon la posibilidad de querer a los del otro lado de la línea.

Si durante años mi hermano y yo llegamos a odiar a nuestra mamá, si creímos que nos había dejado de amar y nos había abandonado, si esa llamada de teléfono me astilló en tantas formas, ¿cómo puedo esperar que a los hijos de Carlos no les haya llegado la onda expansiva que se fue haciendo, día a día, más poderosa?

53

Las mimosas púdicas de mi hermano me enseñaron que hay caricias que embeben, que existen amores tan asombrosos que la única respuesta posible es negarlos. Es huir. El cariño de mi papá fue así, hoy estoy segura de que el secuestro, El Viaje, las mentiras, todo fue parte de su forma de abrazar. Y yo, a los siete años, al regresar a otras caricias, me tuve que contraer. Cerré cada una de mis hojas para no permitir entrar ni un atisbo de ausencia, ni una gota de dolor. Tampoco dejarme rozar por el cariño que siempre seguí sintiendo por Leo, pero que negué durante más de treinta años.

El coche huele rancio. Los guaruras nos agachan la cabeza para mantenernos fuera de visión. Mi mamá trata de abrazarnos. Mi cara está manchada de la sangre de mi hermano. Imagino que jamás va a parar la angustia. La siento con cada latido. Es la primera vez que descubro que atrás de mi pecho está el corazón, y que éste se puede fragmentar. Y duele.

Unos minutos después, entramos al departamento. Todo está ahí, intacto, tal como nos lo había prometido Valeria. En la puerta, esperando, Angelina y Oso. Los dos con la emoción de un encuentro tan postergado. Se nos hicieron nudo las expectativas.

Éramos los mismos, pero agrietados.

Aunque dormíamos en nuestro departamento, pasábamos casi todas las tardes en la casa de mi tía, la hermana de Valeria. En ella vivían dos primas mayores que yo y un primo de mi edad. Me imagino las advertencias que les deben de haber hecho antes de nuestra llegada. Van a estar aquí los hijos de tía Valeria, los que se robaron, están asustados así que tenemos que consentirlos y aguantar lo que sea.

Y lo que sea, de mi parte, fue ser una verdadera cabrona. Me entró ese sentimiento de merecer. O, quizá, y eso lo digo para escudar a esa niña insoportable, estaba probando límites para ver si era cierto que mi mamá me quería tanto como decía o si se hartaba y me regresaba con Leo. Hacía berrinches, exigía cosas imposibles, me encerraba en el baño. A mi primo le rayé su libro favorito para colorear traído desde Nueva York. Cuando me reclamó, de inmediato su mamá lo castigó. En mi defensa, me sentí bastante culpable y unos días después le pedí perdón.

Muy pronto me fui acostumbrando a tener una familia, una cama propia y primos con quienes jugar y a los que molestar. Momentos que, aunque terminan, mañana vuelven a empezar, iguales, sin cambios de casa, sin nuevos idiomas, sin maestras esporádicas.

La mimosa se empezó a abrir al tacto de los rayos de un sol que parecía estar ahí para siempre. Fue la primera vez que creí en la posibilidad de que algo pudiera permanecer. Dejé de sentir la ansiedad aguda del abandono. Sin embargo, en ocasiones, reconozco el sabor terroso de la duda. ¿Sí existirá algún para siempre?

54

A veces el teléfono suena diferente. Cuando la llamada es para anunciar alguna adversidad, el repiqueteo es sombrío. Estoy en la cocina, sentada sobre la cubierta de mármol, desayunando un taco de frijoles. Mi nana platica con Adela, la cocinera de mi tía. Todavía no voy a la escuela porque regresé de Israel hablando únicamente hebreo, así que cada mañana viene una maestra a enseñarme que *melafofón* es pepino y *glidá* es helado. Hablo un hebrañol bastante funcional, sé cómo pedir tacos de frijol y mi nana me entiende cuando le digo *boker tov* y ella me abraza y responde, Buenos días mi niña linda.

Suena el teléfono. Adela contesta. Le hace señas a mi nana y le indica en uno de esos secretos que salen a gritos, Corre por la señorita Valeria. Mi mamá siempre fue la señorita Valeria para la cocinera de mi tía, quien la conoció a los catorce años y decidió que ya nunca iba a crecer.

Valeria contesta. Me mira. Me tiemblan las piernas desnudas y casi siempre raspadas por subir a la jacaranda del jardín. Se me llena de angustia el para siempre. Mi mamá me baja apresurada del banquito de la cocina. Entra mi tía. Están afuera, dice. No podemos salir. Suena el teléfono, es Carlos. Mi mamá asiente con la cabeza. Dice algunas palabras sofocadas y cuelga. Corremos por el pasto hasta una barda de alambre y hiedra que divide la casa de mi tía de la del vecino. El chofer trae unas enormes tijeras de esas que se usan para podar plantas. Se oye el *crack* del alambre que se rompe. La voz de mi hermano preguntando, ¿Qué pasa?, mi angustia que late rápido en mi pecho. La alambrada se abre como el vientre de un cadáver en una autopsia. Se desparraman unas hojas verdes.

Al cruzar, una rama me raspa la pierna, no me quejo. Siento el hilo de sangre que llega a mi calcetín blanco y sé que ahora la orilla será roja. Sé que el calcetín no volverá a ser el mismo. La sangre, por más que intentes, nunca se borra por completo.

Llegamos al garaje en donde nos espera un coche en marcha y Carlos.

¿Se acuerdan de Cuernavaca?, pregunta Valeria. Quiere aparentar tranquilidad, pero las palabras salen turbias, encharcadas. No respondemos. Les va a encantar, vamos a una casa muy bonita, el dueño es Eddy, un amigo de su abuelito Moishe. Todo está bien, dice, mientras Carlos le acaricia los sollozos.

Tuvimos que escapar porque esa mañana llegaron unos policías contratados por Samuel, que esperaban afuera de la casa de mi tía, listos para interceptarnos cuando saliéramos. Llevaban unos papeles que parecían muy legales, firmados por algún juez ordenando que nadie interfiriera con el operativo. Por su parte, Carlos había contratado a unos vigilantes que de inmediato se percataron de la situación y llamaron a advertirnos del peligro.

Escapamos. Nos fuimos a Cuernavaca algunas semanas mientras pasaba el riesgo. A esa casa seguimos yendo muchos años más. Al principio para escapar de nuevas amenazas, después por gusto. Valeria se hizo la mejor amiga de Leonor, la hija de Eddy, y yo, de sus dos niñas. Fue ahí donde mi cuerpo se fue curveando, las trenzas se soltaron en una melena, generalmente enredada y mi niñez se transformó en adolescencia.

55

Mi primo compró unos hámsteres. Unas ratas blancas que daban vueltas y vueltas encerradas en su jaula. Él nos limitaba el tiempo en que podíamos tocarlos, cuánto les dábamos de comer y, por supuesto, prohibía estrictamente sacarlos de la jaula.

Una de aquellas tardes me quedé sola en la casa de mis tíos. Mi hermano había ido al dentista y mi primo, con unos amigos. Entré a la recámara, levanté con cuidado el trapo que cubría la jaula, abrí la portezuela y saqué a uno de los hámsteres. De inmediato brincó de mis manos. Por suerte había tenido la precaución de cerrar la puerta, así que el animal no podía escapar. Pero corría como endemoniado y de pronto desapareció. Lo busqué en cada rincón, debajo de los muebles, en la caja de juguetes, entre los libros. Después de media hora en la que fui imaginando cómo se me escurrirían las excusas ante la mirada represiva de mi primo, por un agujerito apareció la cabecita blanca. Logré agarrarlo del cuello y regresarlo a su lugar. Volví a poner el trapo y respiré. Todo terminó bien.

Bueno, eso creí. Dos semanas después el animal amaneció muerto. Al llegar de la escuela, Valeria nos contó que mi primo estaba muy triste. Nos dijo que tuvieron que llevar al hámster al veterinario para ver de qué había fallecido.

Al día siguiente tuvimos que volver a escapar a Cuernavaca, una nueva amenaza, algún chisme, un investigador sacando dinero... quién sabe, pero es mejor prevenir. Cuando cargábamos el coche para irnos, llegó mi tío a decirnos que el hámster había muerto de rabia. Extrañísimo. Algún animal lo habría mordido, pero no se explican cómo pudo hacerlo adentro de la jaula. Y yo iba palideciendo. El problema es que ahora hay que vacunar a cualquiera que haya tenido contacto con él. Uy, pensé, me van a inyectar. Bueno, me lo merezco. Ya está avisado un doctor en Cuernavaca. Va a ir cada tarde como a las cinco. Son catorce vacunas. ¡CATORCE! Sí, catorce. Y por si ése no hubiera sido suficiente castigo karmático, los pinchazos eran en la panza, alrededor del ombligo.

Nunca confesé. Me sentí culpable con cada grito de mi hermano. Me sentí merecedora de mi condena cada vez que me invadía el dolor de la aguja entrando junto a mi ombligo.

Pero nunca confesé que había sido yo la que sacó al hámster de su jaula cuando, seguramente, algún animal rabioso lo mordió.

56

Hay seres que se aman y otros que se habitan. Valeria y Carlos fueron resguardo y faro para transitar la vida como si no hubiera otra opción y, en realidad, hoy estoy segura, no la hubo.

Viví junto a ellos la mayor parte de su tiempo en pareja. Comprendí que en ese espacio sólo estaban ellos. Todos los demás éramos satélites que podíamos calentarnos con su presencia, pero no entrar. Y lo confirmé un día que quedó guardado, para siempre, en mi anhelo de amar así.

Recibí una llamada y las palabras de Valeria me dieron uno de esos sablazos que nos cercenan desde el vientre hasta la posibilidad de respirar. Escucho su voz que dice, Tengo un tumor. Me van a operar en Nueva York en cuatro días. Arregla tus cosas y ven.

Ante la posibilidad de la muerte de mi madre me convierto, una vez más, en esa niña que solloza su ausencia sin querer aceptarla. Esa niña que mira hacia arriba una mesa de caoba y un teléfono gris.

No puedo perder a mi madre, no otra vez, no ahora que están naciendo mis hijos y la necesito tanto. Y, sin embargo, la posibilidad es inminente, le encontraron un tumor en el colon y generalmente ese tipo de cáncer se descubre demasiado tarde y es mortal.

La llevan al quirófano. Carlos y yo salimos a fumar. De pronto él me mira, así, casual, como si me fuera a preguntar la hora. Si tu mamá muere, me voy a suicidar. Quiero que se sepa que fue suicidio. No pienso vivir ni un minuto sin ella.

Mi madre no murió. Carlos no se suicidó, pero quedaron sus palabras como la declaración más contundente del amor como debe ser, como debe sentirse. Quizá, sólo quizá, deberíamos buscar sin tregua a aquel sin el cual la vida se vuelve tan inútil que es mejor dejar de transitarla.

Quisiera encontrar una forma de contar su amor. La busco entre mis recuerdos, pero ahí hay tan sólo imágenes de nosotros como familia, queriendo pretender que todo era perfecto. Y sí, lo era, y ése es quizá el problema. Las familias de verdad nunca son perfectas.

Sé que Valeria tenía guardados cientos de cartas de aquel hombre que sabía escribir palabras que disipan la cordura. Unos años después de la muerte de Carlos, ella me dijo que las quemó. ¿Por qué, mamá?, le pregunto asombrada. Porque no son necesarias, me las sé de memoria. Hay cosas, hija, que se vuelven tan nuestras como la huella digital. Nada las cambia. Sólo tengo que cerrar los ojos para volver a sentir el espasmo que me recorría al recibirlas.

No necesito tener las cartas porque lo tuve a él. Quiero que lo nuestro se quede nuestro, sin el tinte del juicio de otros que las leerían desde las palabras y no desde la osadía con la que fueron escritas. Cientos. Una diaria durante dos años. Nunca falló.

Estuvimos juntos muchos años. Más de cuarenta, creo. Ya no sé con certeza. Después de mentir tantas veces sobre las fechas, ahora ya no sé cuál es la verdadera. Jamás nos separamos, desde que al encontrarnos nos reconocimos, hasta esa mañana en la que él murió. Lo demás es paralelo, escaso, innecesario.

En realidad, no sé si se deshizo de las cartas, pero entiendo que no quiera compartirlas.

57

Fue en Cuernavaca, metida en el agua, jugando a las muñecas, en donde escuché, a pedacitos, su historia.

Mi mamá, Leonor y a veces otras amigas se recostaban en los camastros del jardín, junto a la alberca. Tomaban té helado, comían coco y mango y hablaban, todas al mismo tiempo, entre carcajadas y susurros.

Un día, porque las hormonas se alocan de repente, me interesó más el chisme de las señoras que el juego con las Barbies. Mientras las hijas de Leonor se peleaban por ponerle el nuevo traje de baño rosa a su muñeca, yo me fui arrimando a una conversación que no entendí y que, sin embargo, me embrolló la infancia.

Una de las amigas bajó el tono de voz y dijo, Pues yo cierro los ojos y cuento del uno al diez y de regreso, una y otra vez, aunque, la verdad, casi nunca llego ni al primer ocho. Entonces él se quita y las siguientes dos semanas lo tengo tranquilo. Las mujeres ríen a carcajadas. La conversación me hizo sentido muchos, muchísimos años después. Ese día me di cuenta de que aún no estaba lista para entrar al mundo adulto, a pesar de que ya me había bajado la regla y mis pechos empezaban a atraer las miradas de mis compañeritos que, en cada conversación, intentaban regresar sus ojos a mi cara, casi siempre sin éxito.

Volví al juego de las Barbies.

Al día siguiente fue el turno de Valeria. Las mujeres se acercaron; hicieron más cerrado el círculo. Yo agucé el oído y escuché.

Supongo que nos enamoramos muchas vidas atrás, explica. En serio, aunque no quiero creer en esas locuras, no tengo otra forma de explicar lo que nos sucedió. Enamorarme de cualquier ser humano en el planeta hubiese sido quizá complicado, pero no imposible. Enamorarme de Leo hubiera sido perfecto. Pero al parecer el destino o el desatino tuvo otros planes.

Nos vimos por primera vez en casa de nuestros suegros. Carlos ya estaba casado con mi futura cuñada; Leo y yo llevábamos unas semanas de novios. Ese día, me acuerdo perfecto, me puse un vestido azul de tafeta con las mangas caídas, dejando ver los hombros de una mujer, casi niña, de diecisiete años.

Sí, estaba ilusionada con la idea de casarme con el mejor partido de la comunidad. Un hombre guapo y millonario que, además, parecía estar loco por mí. Así es, quería casarme con un estereotipo que encajara perfecto en las ilusiones de mis padres y de las novelitas de amor que leíamos las niñas cursis.

De inmediato, las dos parejas nos llevamos muy bien. Salíamos a bailar, a cenar, a escuchar jazz. Risas cómplices. Crece la confianza, nos vamos permitiendo ser más alivianados. Puedo bailar con tu novia, pregunta Carlos a Leo. Claro, hombre, bailen, a ustedes que les gusta, a mí me choca ese numerito. Un día voy al cine con Carlos y su esposa, porque Leo está de viaje. Me siento al lado de mi concuño, la mano resbala ¿sin querer? a mi dedo índice. Cuando Leo y yo nos comprometemos, la cercanía aumenta, salimos juntos los fines de semana, vamos a bodas y fiestas. Siempre los cuatro. Lo miro. Él regresa con sus pupilas una imperceptible afirmación. Toma una servilleta y en ella me escribe un poema. Lo guardo hasta llegar a mi casa, bajo las sábanas lo devoro, letra por letra. Habla de asombros y de mis ojos verdes que lo contemplan. Peligroso.

En algún momento nace su primer hijo. Leo y yo nos casamos. Nace nuestro primer hijo. Luego ellos tienen una niña, y nosotros otra. El espejismo de dos felices parejas, ahora familias, se fue borrando, poco a poco, con esos silencios que al final generan el peor de los estrépitos.

Las miradas se vuelven más prolongadas, más atrevidas. Porque hay cosas que no podemos guardar, crecen como harina con levadura, se inflan hasta salirse del recipiente que pretende contenerlas. Y cubren todo a su alrededor.

Las servilletas se llenan de palabras y mis ojos de miradas que guardo para desbordarlas en él. Sé que no va a pasar nada entre nosotros, sé que hay cosas imposibles.

Sé que quizá…

Metida en la alberca escucho el relato de aquellas servilletas plagadas de asombros. En el agua tibia, la tinta de los poemas se diluye. Las niñas me jalan para que siga jugando. Las señoras bajan el tono de voz cuando me presienten cerca. Las sensaciones que describe Valeria, ahora disueltas, entran a mi piel y me empapan las ganas de enamorarme. Enamorarme así, derramada en alguien que me escriba poemas de amor en una servilleta.

Conocer la historia nunca me provocó vergüenza o conflicto, al contrario, me hizo entender que hay amores incurables, más grandes que la vida de los otros, los que nunca lo han vivido y creen poder opinar. Mucho más grandes que el miedo. Amores que fragmentan, por contundentes, la realidad.

58

de pronto entró Carlos al cuarto del hospital, así comienza este relato de Valeria, así, con minúscula, porque parece ser parte de una frase ya entablada hace muchas conversaciones. El día que naciste, llegó con los brazos llenos de regalos, chambritas, cobijas y trajecitos color de rosa.

Estoy manejando, mi mamá sentada a mi lado. Sigo con la mirada al frente y no sé muy bien qué contestar. Si Carlos llegó el día de mi nacimiento cargado de regalos, ¿quiere decir que ya entonces estaban juntos? Si ya estaban juntos, ¿existe la posibilidad de que yo sea su hija?

Debí haber emitido mi duda en forma clara y concisa. En vez de eso, dando rodeos, cuestionando sin querer escuchar la respuesta y al mismo tiempo fingiendo tranquilidad, le pregunté, Cuando yo nací, ¿Carlos ya estaba enamorado de ti? Pues algo debe de haber traído en mente, contesta Valeria, porque me llenó de regalitos. Y así, como empezó, cambió de tema.

La historia de Valeria y Carlos existió siempre, sólo que se dieron cuenta más tarde, casi demasiado tarde.

¿Ves aquel edificio?, me dijo algún día, señalando un inmueble, Ése era de Samuel. Le prestaba a Carlos una oficina en el quinto piso que usaba como consultorio. En el tercer piso me prestó a mí otro espacio en el que cada tarde iba a hacer mi tesis. Al llegar abría la ventana y chiflaba, a los pocos minutos Carlos bajaba a saludarme.

Ella hacía su tesis. Él bajaba. Los dos estaban casados con los hijos del dueño del edificio. Si hago cuentas, los años se van mucho más atrás que lo que siempre he escuchado. Aunque lo único que me dijo es que él, su concuño y amigo, la saludaba. No parece haber nada malo en eso, ¿no?

Le pregunto a Valeria para intentar poner orden a una historia que, todos sabemos, no lo tiene ni tendrá. Muchas veces el afán de un escritor es hacer lineales las explosiones que conforman los relatos de las vidas. Entiendo que las explosiones nunca son lineales y embarran aquello que las rodea. Difícil poner orden.

Pues la verdad, me responde Valeria, no estoy segura. Durante tantos años le conté a unos una cosa y a otros otra. Muy pocos sabían la verdad. Hoy ya no me importa que lo sepan. Pero hoy ya no me acuerdo.

Sé, porque lo escuché en la alberca, que la pasión entre Valeria y Carlos era asombrosa. Cuando mi mamá susurraba historias, la mujer que contaba hasta el ocho abría los ojos enormes y después emitía un suspiro bañado de envidia. Pasamos horas en la cama, habrá contado Valeria. Carlos me besa, empezando por el huesito del tobillo. Recorre su lengua mojando cada dedo de mi pie, hasta que me arqueo en un deseo imposible. Sus manos, morenas, cuadradas, me toman de la cintura, acerca sus labios a mi ombligo, mi piel tiembla. Ven, le ruego. Vente conmigo. Contigo, susurra Carlos. Valeria se gira, la curva de su espalda es perfecta, cisne que emerge del agua para presumir su belleza. Piel blanca cubierta de gotas de humedad resbalando hasta unas perfectas hendiduras en las nalgas. Carlos acaricia cada gota, las bebe para beber con ellas a Valeria, tenerla completa. El cuerpo vuelve a girar y ahora se funden las miradas que entienden que ahí es.

Ahí ha sido siempre.

Él no podía quitar las manos ni la mirada del cuerpo de mi mamá, y ella lo sabía. Al caminar movía las caderas, insinuando que el incendio estaba cobrando fuerza. Y que era de Carlos, para hacer con el fuego lo que le viniera en gana.

59

Carlos se enamoró el primer día que la vio entrar a casa de sus suegros. El amor a primera vista está demasiado trillado para ser creíble. Las ganas de convencerse de que tenía un buen matrimonio con su mujer, sumadas a la promesa de luchar para preservarlo, hizo que conocer a un ser que embona perfecto en todos sus anhelos resultara imposible. Aunque fuera la única verdad.

Leo llegó con la ya tan nombrada novia que los viejos ansiaban conocer. Era más bella que en sus descripciones. Valeria tiene el cuello largo y sus ojos no respetan fronteras. Lleva la cintura ceñida por una banda que resalta sus pechos. Sin embargo, lo que primero desvaneció cualquier intento de defensa de la sensatez, fueron sus clavículas bordadas y la suavidad de los hombros que llevaba descubiertos.

Te pareces a Romy Schneider, le dijo Carlos. Ella sonrió, Me encanta Sissi. Franz Joseph es uno de mis personajes favoritos, respondió su nuevo concuño.

Alguna vez, cuando me atreví a preguntarle a Carlos, él me confesó que estuvo enamorado de Valeria desde la primera novela de amor que tuvo en sus manos. Desde la primera película en la que los amantes se devoran despacito la prudencia. Sólo faltaba ponerle una cara a tanto antojo, y entonces apareció ella.

Cuando la vi por primera vez, la reconocí en esa esperanza que tenemos de vivir, algún día, un amor tan absoluto que no quepa en él la menor duda.

Valeria es coqueta, con la delicadeza de las mujeres hermosas que saben que pueden enamorar tan sólo con la intención. A pesar de sus escasos dieciséis años, ya entiende la forma de acariciar el deseo del hombre que se propone conquistar. Al principio creyó que ese hombre era su futuro marido. No por mucho tiempo.

Leo es bohemio, aunque su papá le tiene prohibido usar esa palabra y, en especial, esa actitud. Aquí somos hombres de negocios, el arte es eso que les compramos los ricos a los artistas que seguirán jodidos toda su vida queriendo vender su dichosa bohemia.

Y la hermana de Leo, que tiene la astucia de su papá, lo escucha sedienta. Ella quiere ser hombre de negocios, quiere manejar millones y ordenar a un ejército de sirvientes. Pero lo que le correspondió fue casarse con un buen hombre que la mantiene, mientras ella expulsa hijos al mundo para rubricar el apellido.

Leo añora vivir en una buhardilla, pintando lienzos llenos de sus entrañas. Su hermana desea ir a la oficina, estudiar una carrera, convertirse en la sucesora de Samuel.

Leo estudia arquitectura porque es la carrera perfecta para dar credibilidad al despacho que construye decenas de edificios al año y que nunca ha necesitado de un arquitecto. Pero el título suena bien. Su hermana se queda en casa bordando las sábanas que cubrirán el lecho en el que se fabricarán los hijos.

Él sube apesadumbrado al coche que lo lleva a la universidad. Ella lo mira con envidia. Él la mira con envidia.

La historia de Carlos y su mujer es una parte importante del rompecabezas. Ella nunca se enamoró de su marido. Un día, al regresar del colegio, le informaron que la cortejaba un hombre que a la familia le gustaba mucho; un buen partido. No es rico, es un médico que apenas empieza su carrera, pero tiene grandes conexiones políticas que seguro abrirán puertas. La hermana jamás será parte de la empresa, pero podrá contribuir a fortalecerla casándose con él.

A los diecisiete años la vistieron de blanco. Ella dijo, Sí, acepto. Claro que aceptas. A los dieciocho parió a su primer hijo. Un varón, ¡bravo! Mientras tanto, Leo termina la carrera, se recibe de arquitecto. Escondido en el departamento de un amigo, pinta óleos y fuma mota para sentir que por su sangre siguen corriendo algunos de sus principios bohemio-comunistas. Llega el momento de encontrar esposa, es la siguiente línea del guion escrito por Samuel cuando vio a su primogénito a los pocos minutos de haber nacido.

INTERIOR. CUNERO DEL HOSPITAL. DÍA.
SAMUEL mira a su hijo. Escribe.

Antes de los veinticinco vas a encontrar a tu esposa. Deberá ser una mujer de la alta sociedad, judía, bonita y de buena familia. No es necesario que se enamoren, pero deberán casarse y tener un hijo varón lo más pronto posible. (Pero no antes de nueve meses del día del matrimonio).

Y eso hizo. La buscó. Alguien que sepa cocinar. Alguien que se aprenda los diálogos y los recite a la perfección. Alguien incondicional que le sea fiel hasta que la muerte los separe. El problema es que Leo, en vez de encontrar a esa mujer, se topó con Valeria.

Y Valeria con Carlos.

60

Hay besos que ya se dieron, sin importar cuándo los labios se atrevan.

Carlos y Valeria se besaron por primera vez en el salón de baile Jacarandas, en un rincón furtivo. El roce de los labios confirmó lo que llevaban sintiendo tantos años. Porque hay seres que se meten por las pupilas y se almacenan en el vientre. Y de ahí es imposible sacarlos.

Claro que intenté, confiesa mi madre. Enumeraba en mi mente sus defectos, trataba de sentarme lo más lejos posible de él cuando salíamos. Pero había una fuerza magnética que hacía que termináramos juntos. En las fiestas platicábamos con otras personas, nos reíamos; sin embargo, el rabillo del ojo de uno estaba atento a los movimientos del otro. Al final, entre el alcohol y el desvelo, brotaban esas ganas incontrolables, perdíamos la cordura acumulada durante la ausencia y terminábamos bailando pegaditos, dándonos un beso demasiado cerca de la boca. Demasiado largo para ser tan sólo un beso de buenas noches.

Después nos alejábamos. Evitábamos encuentros. Tratábamos de no hacer contacto alguno. Aun así, lo soñaba; noche tras noche. En la novela escrita por mis desvaríos, Carlos y yo nos amábamos, nos tocábamos sin recato, sin filtro, sin miedo. Carlos me acariciaba las piernas hasta convertirlas en su guitarra y mi vientre, mis pechos, mis ojos se convertían en la música que él decidiera tocar. Fui requinto y canción de Elvis. Fui un mambo y aquella letra de los Beatles que dice algo así como *Something in the way she moves/ Attracts me like no other lover...*

Carlos decía, me decía al oído, que cuando yo movía la cadera al caminar, el universo entero confabulaba. Me lo dijo en susurros, me lo escribió en servilletas, después me lo trazó con tinta china en la espalda desnuda y bronceada alguna vez que nos escapamos a una playa que fue guarida.

Y el principio de tantos finales.

Si te quieres atrever, te veo mañana a las doce arriba de la Torre Latinoamericana.

Hay abismos en los que nos despeñamos sin miedo, porque sabemos que la caída valdrá la pena. Valeria no sabe permanecer en la orilla contemplando el paisaje, necesita convertirse en él. Las ganas a veces se quedan en ganas y a veces se vuelven tempestad.

No vayas a creer que brincamos luego luego a la cama, me explica mi mamá, en esos tiempos era diferente. Valeria entrecierra los ojos y se va lejos. El atrevimiento del beso ya había sido suficiente para embutirme en culpa y miedo. Lo curioso es que me preocupaba más lo que podría pensar Carlos de mí, que lo que sucedería si Leo se enteraba.

Y es que, ¿sabes?, realmente creo que a tu papá no le importó que me enamorara de otro hombre, lo que le dolió fue que nunca pude amarlo a él.

61

Mi mamá y yo vamos a la calle de La Viga, recorremos tiendas que venden fierros viejos sacados de demoliciones. Busco alguna reja antigua para convertirla en la base de una mesa. Mientras me siento exploradora desenterrando un tesoro, el dependiente me ayuda a mover pedacería. De pronto veo que Valeria se apoya en una columna y señala un montón de fierros apilados, ¿Me podría enseñar ésa? Atrás, ligeramente perceptible, está la orilla de una pequeña reja *art nouveau*. Ah, sí, mi seño, es una puerta del elevador de la Torre Latinoamericana, apenas las cambiaron. Eran doce, pero un arquitecto me compró once, y quedó ésta.

El hombre habla mientras saca la reja y la acerca a Valeria. Mi madre la toca, la acaricia.

La abre. Entra.

El elevador está lleno de gente que ríe nerviosa; subir a esas alturas da vértigo. Es, después de todo, el edificio más alto de Latinoamérica y está recién estrenado. El mareo no le permite respirar, siente apretada la sensatez que se atora entre sus sienes. El elevadorista cierra la reja. Valeria piensa en la belleza del bordado hecho metal. Siempre le ha encantado el arte francés.

Una semana antes, ella y Leo, Carlos y su esposa fueron a cenar con el grupo de amigos de los sábados. Parejas jóvenes. Ellos siempre hablando de negocios ellas de las complicaciones para obtener un buen servicio doméstico y de lo último de la moda. Valeria percibe a Carlos distraído. Ve que le pide una pluma al mesero. Nadie más en la mesa parece notarlo. Sus miradas se cruzan, como siempre, un instante antes de que ambos regresen las pupilas a la conversación más cercana. Carlos se para al baño, pasa cerca de Valeria y en un gesto apresurado, deja caer en sus piernas un pedazo de papel en el que garabateó apasionadas palabras.

A la mañana siguiente Carlos la llamó. Habló rápido, sin dejar espacio a saludos cordiales o charla de compromiso, Si te quieres

atrever, te veo mañana a las doce arriba de la Torre Latinoamericana. Voy a estar en el piso 42. En el restaurante Muralto. Ven,
por favor, ven. Y colgó. Valeria se quedó con el auricular pegado
a la oreja. Como en una concha de mar, podía escuchar todo el
universo hablándole al mismo tiempo.

Le mostró a su mejor amiga el pedazo roto de papel que ya
había sacado y metido doscientas veces del cajón de pañuelos, le
contó de la llamada y la cita en la Torre Latinoamericana. ¿Qué
hago? La amiga opina, habla, discierne, explica. Valeria no oye ni
una palabra, piensa si se pondrá el vestido amarillo o el rosa.

Elige el amarillo. Se anuda en el pelo un lazo que combina
perfecto. Rímel y un poco de labial. Le pide a Pepita que la lleve
hasta la entrada. No puede pedírselo al chofer y no quiere llevar
coche. Se despide con un beso apresurado de su amiga, que sólo
alcanza a decir, Por favor cuídate, sabiendo que ya es demasiado
tarde.

El elevadorista cierra la reja *art nouveau* que fascina a Valeria.
Suben despacio. Mi madre recuerda la película *An Affair to Re-
member*. Qué bueno que a mí no me atropellaron, piensa. ¿O quizá hubiera sido mejor?

Se abre la puerta. Un rayo de luz la ciega por unos instantes.
Se queda perpleja, siente la mano de Carlos que la toma y la acerca.
Ella sale del elevador, entra a todas las posibilidades. Él le rodea
la cintura.

62

A veces no se necesita más que un abrazo en el que los cuerpos se acomodan para decir, de aquí nunca más queremos salir. Y, la verdad, es que ya nunca se sale. Después de un abrazo que trasciende la piel, las posibilidades de escapatoria son nulas.

Guardo silencio mientras mi mamá regresa a aquel lugar en el recuerdo.

Con el dorso de la mano se quita una lágrima.

Meten la reja en la cajuela y la llevo a mi casa. Hoy está en mi sala. Con frecuencia me dan ganas de abrirla y cruzar, a través de ella, al lugar donde nacen las historias imposibles, como lo hizo Valeria.

Allá arriba los ven como pareja. Son pareja. Caminan en la cima de esa Torre, una de las más altas del mundo.

Valeria y Carlos se miran sin recato. No importa que se note. Se atreven, incluso, a tomarse la mano por encima del mantel largo del Muralto. Una vendedora de flores se acerca a la mesa, Violetas para su novia. Para mi novia, responde él, toda la canasta.

Carlos le cuenta historias de países lejanos, de escritores, políticos y artistas... sus amigos, seres con vidas enormes. Que si el Premio Nobel o la presentación de una novela que cambiará el rumbo literario de Latinoamérica. Le explica qué es el Boom y promete presentarle a varios de sus miembros. La sed de Valeria por aprender más, por entrar en ese mundo, aumenta con cada frase.

Vidas enormes.

Y ella pronto tendrá que regresar a su caja envuelta en celofán de colores, con un moño gigante que sus amigas añoran, pero que en realidad es oscura y húmeda por dentro. Ese cofre que, le prometieron, contendría sus anhelos. Estás casada con un hombre muy rico y guapo. ¿Qué más puedes pedir? Te visten los mejores modistos. Henri de Chatillon te hace trajes sastre igualitos a los de Jackie, vives en un departamento en la mejor colonia del país. ¡Qué buena suerte! Y sus amigas la ven con envidia. Valeria, la hermosa mujer que siempre lo ha tenido todo. ¿Qué buscas, Valeria?

63

El análisis de sangre es "positivo".

Afuera del consultorio se cruza a un parque, se sienta en una banca de hierro forjado. Un hombre vende algodones de azúcar. Compra uno rosa, en ese momento lo sabe. Es una niña, va a nacer mi seguro de vejez.

Desde que mi hermano cumplió dos años, Leo no paraba de insistirle a su mujer que tuvieran otro hijo. Valeria sabe que el matrimonio no está funcionando, que en realidad nunca funcionó. Sin embargo, comprende que lo mejor será que su primogénito tenga un compañero en los vericuetos que les traerá la vida. Siempre es mejor estar acompañado por alguien capaz de sentir el mismo dolor.

Pero para tener un hijo, lo primero es engendrarlo, y en ese departamento las cosas están cada vez más frías.

Se acuestan, ella toma un libro, él otro. Unos minutos después, alguno de los dos deja la lectura, Buenas noches. A veces, muy pocas, se acercan en un intento de beso que sirva de velo.

La ausencia de sexo se ha vuelto un silencio estruendoso que crece, aplasta, ahoga.

En las madrugadas el deseo penetra en Valeria como una ráfaga que llega cuando está desprevenida, soñando. Imagina a Carlos.

No debe. Una cosa es jugar a escaparse, a coquetear, a atreverse. Pero desnudar el deseo y dejar que alguien prohibido lo acaricie, es algo muy distinto. En aquellos tiempos no nos lanzábamos a la cama como ahora, me dice muy seria mi mamá, sonrojándose.

Alguno de esos días en los que Valeria creyó que la sensatez podría dominar lo evidente, lo inevitable, lo absoluto, llamó a Carlos y le dijo que tendrían que detenerse. Esto nos va a explotar en las manos y no estoy lista para llevar a cuestas las cicatrices. Carlos calló. Pareció aceptar la propuesta.

En la siguiente cena una servilleta se llenó de tinta, y la tinta escurrió en poema, y el poema inundó a Valeria.

Esa noche ella, aunque aún no lo sabía, ya estaba embarazada. La bebé, seguro de vejez, compañera de encrucijadas, soy yo.

64

La herida.

Esa grieta por la que algunos aseguran que se filtra la luz y, sin embargo, duele tanto…

Me di cuenta de su existencia mucho tiempo después. Durante los primeros años de mi vida, infancia y adolescencia, pensé que el dolor venía de otro lado. Culpaba mi sentimiento de abandono a algún amor trunco, al enojo con un novio, a una pelea de amigas, una lonja de más, un abrazo de menos. Cualquier excusa era buena.

Y es que esa herida se hizo a partir de tanto tanto amor, que era difícil encontrar en ella los trazos de un cuchillo. El amor acaricia, no desgarra.

¿No?

Mamá y papá se pelearon por mí. Decían amarme tanto que no les importó convertir sus vidas en un lodazal. Tenerme significaba la victoria sobre el otro. Un trofeo.

Me convertí en el objeto más preciado. A fin de cuentas, un objeto.

Desde muy pequeña juego a pedir deseos. Cosas chicas, sin mucha importancia… que me escojan como la capitana del equipo de básquet, sacar diez en el examen de mate, que el niño más guapo de la clase me dirija la palabra, aunque sea para pedirme un lápiz. De pronto inserto, así de pasadita, para que no se note que duele, la esperanza de que mi papá llegue de repente, o me llame por teléfono o me mande una carta el día de mi cumpleaños.

Los otros deseos se fueron cumpliendo uno a uno. Salí con el mejor promedio de mi clase, fui capitana del equipo por ser la más alta, y bailé el vals de graduación con el chavo más cotizado.

Papá nunca apareció.

Cuando años después tuve la oportunidad de cuestionarlo, su explicación me pareció clara. Entendí, usando la razón, que no lo dejaban, que Valeria enloqueció y le prohibió buscarnos, que yo nunca lo llamé. Evidente. Pero la grieta siguió abierta. Tal vez continúa. No estoy segura.

Y quizá sea cierto que a través de ella entra la luz. Eso sí, me convertí en una experta en negar cualquier tipo de emoción profunda que tuviera que ver con la paternidad. Soy de las que lagrimean hasta en los anuncios de mayonesa cuando incluyen perritos o cualquier cliché. Sollozo en las películas y, cuando las veo por segunda vez, lloro antes de la escena triste porque sé que ahí viene. Me volví hipersensible, amorosa, contadora de cuentos, buscadora de emociones profundas. Entregada hasta las últimas consecuencias. Sin embargo, papá fue siempre un tema prohibido. Carlos se volvió mi padre y tanto él como yo jugamos el papel a la perfección.

Hoy entiendo que nunca fui su hija, ni él mi papá. Fue el mejor proveedor de amor, de viajes, de presencia y enseñanzas, pero un papá es algo más. Es la confianza de sentarte en sus rodillas y pedirle un beso; es saber que te van a regañar cuando lo mereces y a aplaudir cuando te lo ganas. Una relación fácil porque es, sin cuestionamientos, sin pretensiones. Sin las ganas extenuantes de que realmente sea.

Entonces papá se volvió un término agridulce, ese grial que buscamos en cada nuevo proyecto, pero que en realidad no queremos encontrar.

No lo puedo explicar porque lo desdibuja el tiempo transcurrido, porque yo era apenas una niña. Porque después se empalmaron a su imagen las historias del Viaje, los recuerdos de un teléfono de disco, el miedo y tantos años de ausencias.

65

Lo que sí recibí fue una historia de amor que se convirtió en un guion a seguir. Un anhelo casi imposible porque esas vivencias les suceden a muy pocos.

No hacían falta muchas explicaciones, aunque Carlos las daba con fechas y detalles y, de inmediato, Valeria las cambiaba, las ondulaba, intentaba acomodarlas. Al final, nosotros acabábamos hechos unas bolas horribles. Incluso ellos terminaron confundidos. No hacían falta aclaraciones porque hubo siempre, siempre, cada día de su vida, una forma de mirarse que trascendía los cuestionamientos.

Para quienes estuvieran cerca resultaba evidente que algo había, porque la energía electrizante entre dos cuerpos es difícil de ocultar. Era como ver a contraluz el cuerpo de una mujer en un vestido de gasa. La ropa está ahí, sin embargo, es inevitable advertir el contorno de las piernas, la hendidura del pubis, la curva de la cintura y la redondez de los pechos. Después de unos instantes, la ropa desaparece, queda tan sólo la luz y la desnudez. Una perfecta combinacion para fabricar explosivos.

La desnudez de Valeria estaba frente a la luz que aparecía cada vez que se acercaba a Carlos. Se dilataba cuando él la tomaba del hombro para dejarla pasar a través de una puerta. Cuando su mano la tomaba por la cintura en un saludo casual. Cuando sus labios tocaban la mejilla del otro, mejilla boca, mejilla cuerpo.

La desnudez de ambos se filtró en ese beso en el salón Jacarandas. Ese beso que llevaba años guardado.

Al día siguiente del beso, me cuenta Valeria, más que recordando, reviviendo el instante, Carlos me buscó. Me llamó muchas veces. Necesito verte, necesito hablar en persona. Eres peor que el sarampión, ya no te puedo quitar ni de mi piel ni de mi sangre.

Acepté verlo dos días después. Fui a su oficina. Nada nuevo, nada raro, una concuña en busca de ayuda para su tesis. Teníamos permiso de estar juntos porque éramos familia.

Al llegar, me interceptó el hermano de Carlos. Ven, me dijo sacándome del elevador. Antes de que subas tenemos que platicar.

No se equivoquen, Valeria. Están haciendo todo mal. Ya sabes que no me importa qué suceda entre ustedes, pero deben ser más discretos. Yo tengo varias novias, y mi mujer está feliz y bien cuidada en casa. Nadie sufre. Diviértanse, pero no hagan un tiradero por algo que jamás podrá ser.

¿Qué va a pasar?, le pregunté. Tú te vas a quedar con Leo y Carlos con su mujer, respondió sin la menor duda. Se van a hacer viejos cada uno con su pareja. Eso va a pasar. Si quieren divertirse un rato, está bien, pero hasta ahí.

Valeria ya no sube a la oficina, se va a llorar a su casa. No puede imaginar que ésa sea la realidad. Pero entiende que no existe otra posible.

Carlos la llama. Ella se niega a contestar. Dile que me duele la cabeza, le dice a la muchacha que por octava vez toca la puerta para informar que el señor Carlos la busca.

Finalmente decide tomar el auricular y, sin escuchar al hombre, dice, Para curarse el sarampión hay que ponerse paños de agua tibia, tomar muchos líquidos y quedarse en cuarentena.

Al día siguiente recibe una carta. Al abrirla encuentra a Carlos en cada letra, en las palabras que explican, con desesperación, que el único líquido que podría saciar su sed es el que probó en aquel beso. Le ruega que sea su paño, que sea su tiempo sin tiempo. Que se deje contagiar.

Valeria lee los escritos una y otra y otra vez. Él es lo que quiere. Cuando está con Carlos es feliz. Punto. Así de fácil. Y sabe que no tiene dinero, que es prohibido, que es tantos años mayor que ella y que, además, va a detonar una guerra. Cuando logra alejarse, al menos unos instantes, se convence de dejarlo. Vivir lo que fue como un recuerdo de esos que, se dice, emergen en la película de nuestros últimos instantes de vida. Una foto más, una diapositiva que quizá provoque una sonrisa antes del último suspiro.

Cuando cree tener toda la fuerza de voluntad para parar, aparecen sus ojos, sus palabras, sus labios, la posibilidad de hacer reales esas manos que la toman de la mejilla y despacio la acercan al infinito.

Marca el teléfono, Te veo en tu oficina a las cuatro.

66

Fue ahí. En ese instante. A los dieciocho minutos de haber empezado el concierto de jazz, escuchando "A Love Supreme" de John Coltrane, cuando Valeria decidió que no podía quedarse ni un segundo más. Ni en el concierto, ni en esa vida de mentiras junto a Leo.

Se paró y buscó un teléfono, encontró uno en la pared de un pasillo afuera del baño. Pidió al mesero que le cambiara un billete de cinco pesos por monedas de veinte centavos. Llamó a Carlos a pesar de que era peligroso. Se habían jurado nunca buscarse en sus casas y menos a deshoras. Pero la decisión estaba tomada, tenía que saber, en ese instante, si era mutua. Contestó él. Sabía que eras tú, dijo en un murmullo. Sé que estás en una tormenta de arena. Siento tu sangre que revienta. Estoy ahí, contigo.

Valeria no tuvo que decir nada.

Te amo. Aguanta, susurró Carlos.

Vio a Leo que se acercaba al pasillo. ¿Con quién hablas?, preguntó. Con la nana, me quedé preocupada porque antes de salir, sentí caliente a la bebé. Pero ya está bien, dijo al aire, porque Leo, pasado de copas y sobrado de indiferencia, ya había entrado al baño de hombres, cerrando con un portazo.

Te amo, volvió a escuchar a través del auricular.

Y de pronto, después de horas de asfixia, Valeria siente que algo de aire entra a sus pulmones. Al menos lo suficiente para resistir un poco más.

67

¿Enamorarte de alguien porque el cuerpo no entiende otra posibilidad? Eso es de novela y, generalmente, de una mala novela. La vida no es así.

Y, sin embargo. Valeria lleva años, muchos ya, en los que despierta y se duerme pensándose en Carlos.

Su mamá no sabe lo que está sucediendo, pero lo intuye. Ve a su hija con la mirada lejana. Se da cuenta de que hay momentos en los que no cabe en su piel y quisiera arrancársela como un abrigo en llamas. También reconoce la calma y el brillo en sus pupilas cuando está junto a Carlos. A veces, Valeria la llama por teléfono desde la oficina que su suegro le presta para terminar su tesis, Hola, mamá, te manda saludos Carlos, vino a ayudarme, y Ana ya lo sabe porque escuchó la sonrisa en la voz de su hija.

Quiere decirle que viva a fondo, que se atreva, que los años huyen. Ella aún no comprende a dónde se han ido los últimos cuarenta. Quiere decirle que será mejor arrepentirse por lo hecho que por aquello que quedó en un frasco lleno de tinta seca. A fin de cuentas ella lo hizo, dejó su país, a su familia y se lanzó a un continente nuevo, porque la vida en Rusia le quedaba demasiado chica y la vida que queda chica termina por estrangular como una boa constrictor, despacio, lento, pero sin posibilidad de escape.

Quiere decirlo, pero su cordura no se lo permite. Cuando la ve triste, cuando siente que se está quebrando, en un entendimiento de que las dos conocen lo no dicho, le explica que esos amores que se viven en do de pecho, esos que son fuegos artificiales explotando en el cielo, se extinguen tras unos minutos. El amor se construye, se trabaja. Hay que echarle ganas cada día y poco a poco empiezas a amar al hombre con el que duermes, al padre de tus hijos. Se cimienta una historia en común y pasan los años. Eso dice porque son las palabras que debe decir una mamá, porque está pensando en los dos niños que merecen estar en un hogar tranquilo. Porque le asusta ver a su hija metida en los alientos viscosos de aquellos que viven de juzgar a otros. Porque se da cuenta que Valeria está tan cerca de la orilla del acantilado, que sólo un contrapeso puede detener el desplome.

68

Cuando Leo empezó a percibir la brecha que se estaba formando entre él y su mujer, decidió que lo mejor sería hacer un largo viaje para que ella descansara de los niños que, a fin de cuentas, son una carga. Mi papá nunca entendió que los niños eran lo que mantenía a Valeria a su lado, y que estar con nosotros día a día era lo único que le permitía continuar. Nosotros. Y Carlos.

Acostumbrado a decidir sin consultar con nadie, Leo llamó a la agencia de viajes, hizo los planes, pagó las cuentas y le informó a mi mamá que se iban a Europa seis semanas.

Vamos a una segunda luna de miel, decía a sus amigos, riendo y haciendo el tonito de voz que implica mucho sexo. A Valeria se le retorcían los recuerdos del viaje de bodas, el fracaso del crucero a Japón, de la primera noche, de la unión con el príncipe azul quien explotó como sapo al primer contacto.

No pudo negarse. Mi hermano tenía cinco años, yo había cumplido uno. Teníamos edad suficiente para que nos cuidara la abuela y un séquito de nanas y choferes.

Un día antes de irse lejos, Valeria llamó a Carlos. Necesito verte, quiero abrazarte hasta que tu piel se convierta en mi coraza. Esa tarde, Valeria y Carlos desnudaron todos los espejismos acumulados. Porque podría ser la última, porque querían penetrar en el otro su olor y su sudor. Y el alma, si es que existe, y aunque no exista. Al fusionarse estaban diciendo, gritando al universo, clamando a quien tratara de taparse los oídos, que se amaban y que nada, ningún océano, ningún tiempo, los iba a separar. Prometieron, sabiendo de antemano que la promesa se iba a romper, que era un encuentro único, tan sólo para que la distancia no escarchara al corazón.

Porque dos cuerpos que se desean tanto merecen tenerse, aunque sea una vez.

Las miradas, aquellas por las cuales supieron que su unión sería inminente, siguieron marcando el rumbo de sus encuentros.

Esas pupilas que descubrieron, con los ojos muy abiertos, ante el asombro de un orgasmo compartido, que por unos instantes podían ser luz.

Siempre tuvieron orgasmos viéndose a los ojos, escuchando en ellos la certeza. Ésos eran los momentos en los que el robo de los niños, las críticas de la comunidad, el enojo del mundo a su alrededor se difuminaba. Sólo existían ellos y una enorme esfera fluorescente.

69

En la primera luna de miel la recién casada aún creía que era posible enamorarse a voluntad y por conveniencia. Trató de cubrir la falta de amor con objetos valiosos. En las tiendas de Kioto compró muebles y adornos para su nuevo departamento. En Takashimaya se ajuareó con los más hermosos kimonos de seda. Llenó maletas y varios contenedores que enviaron por barco de Japón a México, pretendiendo construir una historia repleta de futuro. Tratando de sostener un presente enrevesado.

Tiempo después, los kimonos se guardaron en cajas con naftalina, los muebles perdieron su encanto. Cada mañana confirmaba que despertar al lado de alguien puede ser lo más delicioso y también lo más doloroso de un amanecer. Leo decidió hacer un nuevo viaje, ahora a Europa, y aunque parezca imposible, la segunda luna de miel fue aún peor que la anterior.

Valeria cierra los ojos. Trata de imaginar que el cuerpo que la posee es el de Carlos, quiere transportarse al momento en el que un orgasmo los hizo desaparecer, tornarse éter, ser grito. Trata. Pero no logra quitarse el aliento que no es, la mirada que no adivina, el olor que no huele a ellos.

No hay forma de llamarlo. Una larga distancia cuesta más que una buena botella de vino, además no tendría excusa. En las noches, entrecierra los ojos mirando el teléfono en el buró, comienza una charla en su mente. Se duerme con la voz de Carlos. Falta poco, le dice, aguanta, aguantemos. Tenemos una vida para estar juntos.

Leo y su mujer caminan por las calles de París, incluso tomados de la mano. Los dos guapos, jóvenes, se ven preciosos. Comparten el gusto por el arte, van a museos y a los mejores restaurantes. Toman mucho vino, y el alcohol hace que el tiempo se torne un poco más tolerable. Sí, ésa es una vida posible, sería igual a tantas que Valeria conoce. Sin embargo, ella encontró a Carlos y con él una existencia imposible, pero desesperadamente real. Ya no hay opción.

Una noche se reúnen con algunos conocidos de mi papá, amigos bohemios que ha ido acumulando por la vida. Van a Montmartre, comen sopa de cebolla y ven un show de cancán. Platican de cosas sin trascendencia, beben mucho. Leo les enseña fotos de sus hijos, el grande con unos enormes ojos verdes y la inteligencia que ya se nota en las pupilas; la chiquita, una bebé con los pelos parados y la boca chimuela. Qué bonita familia.

Uno de los amigos les platica de su próxima exposición de pintura. Les cuenta, emocionado, que la galería es muy importante, que quizá de ahí se lleven sus cuadros a Nueva York. El hombre tiene una novia guapa, liviana, lleva una blusa transparente dejando ver la liberación de sus pechos y su sexualidad. Fuman marihuana. Valeria entrevé un atisbo de envidia en los ojos de Leo. Percibe que, como ella, él también quisiera, aunque fuera por unos fugaces instantes, tener otra vida. Haberse atrevido a decirle no al destino endosado milenios antes de nacer. Decirle no a la existencia predeterminada por Samuel. Por todos los inmigrantes que llegaron a un nuevo continente y, escapando de la guerra, hicieron su fortuna trabajando sin parar. Ellos, que hoy sienten el derecho a definir lo bueno y lo malo para la siguiente generación, siempre en deuda. Les pagaron las mejores universidades, los llevaron a conocer Europa, tienen una cama caliente y comida cada vez que sienten ganas de comer. Nunca hambre. Nosotros sí tuvimos hambre. Mataron a mis papás. Salí adelante porque sé lo que es correcto. Los hijos compraron la deuda, se la echaron al hombro y decidieron expiarla día a día.

Valeria se liberó al decidir que Carlos era más importante que cualquier sentencia. Que cualquier sueño soñado por otros.

Leo no se atrevió, aunque ese día, comiendo sopa de cebolla y escuchando a su amigo pintor, se le ahogaran las lágrimas.

70

Valeria mira a su alrededor, lo graba en su mente para describirle a Carlos cada nube, cada pasaje, cada piedra. Goza un croissant con mantequilla y mermelada de naranja, respira el momento para poder platicarle que las capas que forman el pan se van deshaciendo al rozar su lengua. Que la mermelada cubre su paladar. Las sensaciones la remiten a los sabores del encuentro en el que ella se derritió en la lengua del hombre que ama. Una opresión en el estómago la regresa a la realidad.

Falta menos. Aguantemos.

Van a Londres. La ciudad de la eterna lluvia. Si estás melancólico no vayas a Londres, te arriesgas a quedar flotando como parte de su bruma. A Valeria le escurren lágrimas que empapan su cara, el cuello de su vestido, sus miedos. Se le forma un charco de tanto extrañar a Carlos. Y en el charco siente que se ahoga.

Ama viajar, le gusta descubrir rincones que piensa sólo suyos. Restaurantes escondidos. Tesoros en alguna tienda de antigüedades. Ahora le pesan los pies.

Despierta de los sueños con Carlos, en los que juntos visitaron lugares exóticos, en los que se durmieron y despertaron haciendo el amor. Y siguieron así, amándose en las calles, sin tiempo, sin recato. No quiere abrir los ojos porque sabe que se va a esfumar su realidad; al despertar, a su lado estará Leo.

Faltan seis días. Menos de una semana. Toman el tren que los llevará a Bath y a Stonehenge. Leo lee el periódico, Valeria hojea sin atención una revista de modas. Leo levanta la mirada y dice, Ah, por cierto, ayer hablé con mi hermana, Carlos está en el hospital, lo tuvieron que operar de emergencia.

Valeria suelta la revista. Siente pánico. El pánico es frío y filoso, desgarra conforme va recorriendo el cuerpo, del cuello a la boca del estómago. Congela la sangre y todo el organismo queda postrado. El pánico engulle la razón.

¿Qué le pasó?, alcanza a murmurar, antes de sentir cómo las náuseas le aprietan el aliento. No sé, responde Leo, sin darle al asunto mayor importancia. Creo que se le reventó el apéndice, o ¿le quitaron la vesícula? No sé, algo así. Lo tuvieron que operar. Sigue internado, pero fuera de peligro. Y continúa leyendo las noticias deportivas.

Valeria se levanta. Va al baño. Las arcadas la doblan. Imagina a Carlos en el hospital, adolorido, solo. Su mujer atendiendo visitas, fingiendo ser la preocupada esposa. Sin acariciarlo, sin mojar con una gasa o, con un beso, sus labios secos por la anestesia. Ella debería estar ahí, sin embargo, ya más calmada, razona que si hubiera estado en México, sólo podría haber hecho una visita casual a su concuño, llevar una caja de chocolates, una tarjeta que dijera, Que te repongas pronto. Con cariño, Leo y Valeria. Eso sería más doloroso.

Trata de calmarse, se ve al espejo y sus ojos reflejan terror. Podría perder a Carlos. Se siente en medio un vendaval que la azota contra las piedras de un océano eterno. Sin Carlos, ¿se quedaría con Leo? Si ya no existiera el hombre junto al cual quiere caminar el resto de su vida, ¿qué haría? ¿Podría querer a Leo con el fragmento de corazón que siguiera latiendo?

¿Seguiría latiendo? Se echa agua en la cara.

En Bath visitan la casa de Jane Austen. Los reciben unas mujeres vestidas con atuendos del siglo XVIII, una taza de té y *shortbread biscuits*. Mientras Leo compra los boletos de entrada, Valeria ve una pared en la que están inscritas algunas frases famosas de la escritora. La primera dice: *What is right to be done cannot be done too soon.*

¿Una señal? El mensaje de una mujer que conoce los laberintos del amor. ¿Estaría Jane Austen hablándole directamente a ella, doscientos años antes? Estoy enloqueciendo, piensa. Pero la frase queda tatuada en sus intenciones. No hay tiempo que perder. Ya hemos dejado pasar demasiado.

Con la certeza de una decisión tomada, recorre los siguientes días en paz. ¿Sabes algo de Carlos?, pregunta de repente. Ya salió del hospital, habrá que visitarlo cuando regresemos. Pues sí, responde ella, respirando profundo.

71

Regresaron. Valeria, convencida de acabar con la relación lo antes posible. Leo, pensando que las cosas no estaban tan mal. Si pueden malabarear los días entre viajes, hijos, amigos, ir al cine, visitar a la familia y, tal vez pintar, podrán pasar los años sin demasiado hastío. Después vendrán fechas importantes que los mantengan ocupados. Las bodas de sus hijos. Nietos... Así han durado los matrimonios de sus papás, aguantando, apechugando, conformándose con lo que es, sin darle muchas vueltas a lo que pudo ser.

Al llegar a casa encuentran una canasta llena de violetas. La tarjeta está en blanco. A Valeria le da un brinco el vientre. Leo le pregunta a Angelina por la procedencia de las flores. No sé, las dejaron en la entrada, tocaron el timbre y cuando abrí no había nadie. Bueno, responde Leo, menos mal que son flores y no un bebé. Se ríe por su ocurrencia y sube a su recámara para darse un regaderazo.

Valeria mira la canasta. Busca en vano alguna nota. Quiere llamar a Carlos, pero sabe que tendrá que esperar hasta el día siguiente, cuando Leo se haya ido a trabajar.

Mi hermano y yo corremos a abrazar a mamá. Nos llena de besos, abrimos las maletas repletas de regalos. Me acuerdo de una muñeca preciosa, el cuerpo de tela y la cabeza de porcelana. Mi mamá me dijo que era muy delicada y por eso quedaría como adorno en mi cuarto. Ésta no es para jugar, me dice, es para verla. Yo pongo mirada triste, quiero abrazarla y llevarla conmigo al parque.

A media noche Valeria despierta con un sobresalto. Se regaña por su estupidez. Cómo puede hacerle a su hija lo que el mundo le está haciendo a ella. Hay cosas que no se pueden tocar... no es posible, no importa lo que quieras, simplemente no hay manera... son quimeras, son decoración. Se pueden desear pero no abrazar.

En la mañana me lleva la muñeca. Juega, me dice, juega y disfrútala. Un tiempo después se me cayó. A Valeria no le afectó, la lección estaba dada. Las cosas que nos gustan no se deben poner en una repisa. Aunque terminen hechas añicos.

De esto no me puedo acordar, porque tenía apenas un año. Y, sin embargo, me acuerdo.

El deseo, a veces, nos toma desprevenidos, como un beso que se hurta, ansiado pero inesperado. Como una mirada que hace tambalear las piernas. Como un susurro. Y, una vez que sucede, ya nada es igual, no podemos desterrar el instante de nuestras profundidades.

El subconsciente juega con nosotros. Decimos o pensamos algo, pero en realidad allá adentro, muy muy adentro, el cuerpo sabe lo que realmente deseamos y el anhelo de alguna forma se manifiesta.

El incidente del cajón de pañuelos no pudo ser del todo un accidente. Me imagino que Valeria no se habría descuidado si en realidad el miedo a que Leo la descubriera hubiera sido mayor a su amor por Carlos.

Unos días antes del suceso, se escaparon a pasar el día a Cuernavaca. Si nos ve alguien no tendríamos excusa, dijo Valeria. Felices en la carretera, ella acariciándole el cuello, él haciéndole el amor a cada dedo de su otra mano. Nos estamos arriesgando. Si nos cachan, nos divorcian. Supongo que eso es lo que queremos, respondió Carlos, estar juntos es la mejor opción, es la mejor vida posible, ¿no crees? Sí, sí creo.

Fueron a los Jardines Borda, pasearon entre árboles añosos. Cada uno de estos árboles tiene alguna historia que contar, dijo emocionada mi mamá. Te imaginas cuánta gente han visto, cuántos amaneceres, cuántas confesiones. Carlos se detuvo, la giró, recargándola en el grueso tronco de un ciprés, la tomó por la cintura, la acercó despacio. Besó primero su mejilla después la comisura de los labios. Sin prisa. Entreabrió la boca y su lengua inundó sus ganas hasta hacerlas torrente. Y, ahora, nuestro árbol tiene una historia más para contar. Valeria no pudo responder, tenía que encontrar primero la forma de bajar el corazón de las sienes al pecho.

Fueron al zócalo. ¿Has probado los esquimos?, le preguntó emocionada. Uno de rompope y uno de cajeta, pidió al encargado. Las bebidas espesas y espumosas llenaban los vasos. Se sentaron en una banca de hierro forjado, frente a la casa de Hernán Cortés. Valeria cierra los ojos para volver a sentir el beso que se hizo árbol… En ese momento y para siempre comprende que no es dónde, sino con quién. Es con él.

Al regresar a su casa, Leo la recibió viendo la televisión, sin prestar atención a lo que le contaba del supuesto día entre amigas. Sin darle un beso, sin notar que su piel clamaba el olor de las manos de otro hombre.

Esa noche reunió los poemas. Cada uno estaba escondido en otro lugar, pero los recordaba todos. Palabras que encuentran su existencia en servilletas, en pedazos de mantel de papel. Cartas de ocho y diez hojas. Notitas escritas en una cubierta de chicle. Pensamientos de amor, de deseo, de angustia, de certeza. Frases de entrega. Los puso debajo de unos pañuelos de colores y cerró el cajón. La dinamita encendida. La mecha acortándose.

La mesa es redonda. De caoba. Cabe apenas un teléfono gris de disco. Miro hacia arriba, a esa edad todo se mira hacia arriba. Mi hermano y yo escuchamos angustiados las palabras que nuestro padre dice al auricular. Tus hijos te quieren ver, por favor. ¿Por qué no vienes de visita unos días? Yo bajo la mirada. Dolor profundo. Demasiado para un cuerpo tan pequeño. Tengo que resistir. Intuyo que falta mucho, mucho tiempo.

73

Nadie nos vio partir.

74

El primer lugar del Viaje fue Italia, un castillo de un amigo de Samuel. Valeria recibió esta información pocas semanas después y de inmediato se preparó. Los investigadores le pidieron que aguardara unos días para tener mayor certeza de nuestro paradero.

Llamó a Carlos, le explicó la situación. No sé cuándo me tenga que ir, tampoco sé cuánto tiempo. Cásate conmigo, le respondió su amante. Hay que casarnos hoy.

No hay forma, respondió Valeria, en uno de los únicos momentos de cordura que tuvo en relación con Carlos. No estamos divorciados, sería bigamia. Entonces, seamos bígamos. Tú y yo sabemos que hemos estado unidos desde… desde siempre… Sí, estuvieron unidos desde siempre, mucho antes y a pesar de las leyes que pretendían impedirlo.

Tengo un amigo que conoce a un juez y dice que él nos puede casar.

Lo arreglo y te aviso.

Y, ¿mis hijos? ¿Cómo puedo pensar en casarme estando ellos lejos? Tengo que recuperarlos. Los vamos a encontrar, juntos. Te lo prometo.

Al día siguiente Valeria se puso el vestido más blanco que encontró en su vestidor. Carlos se vistió con su mejor traje, compró en la esquina un ramillete de alguna flor y fueron con el abogado amigo al registro civil. Carlos corrió a la calle y encontró a un organillero y a una mujer que vendía muéganos. Les pidió que fueran los testigos del momento más importante de su vida.

El organillero tocaba, entusiasmado, la marcha nupcial; el juez lo callaba, pidiendo solemnidad mientras declamaba la epístola de Melchor Ocampo. Al fin, los declaró marido y mujer. Después del beso, Carlos gritó, ¡Muéganos para todos! Y la señora repartió su canasta entre los espectadores que se habían juntado para indagar por qué tanto alboroto.

Al poco tiempo Valeria y Carlos supieron que el matrimonio no era válido. El juez había perdido su licencia y ahora se dedicaba a estafar gente cobrando sumas muy elevadas de dinero y fingiendo realizar trámites legales que nadie más estaba dispuesto a hacer. En realidad no tuvo mucha importancia. Sabían, siempre supieron, que iban a terminar juntos.

75

La información se torna confusa, se pierden las pistas. Los investigadores le piden a mi mamá que aguante unas semanas más, insisten en que será un desperdicio de tiempo y dinero volar a Italia. Probablemente ya habríamos escapado de ahí. Le ruegan que mantenga la calma. Mi madre siente que enloquece.

La espera se alarga. Valeria y Carlos ya no ocultan su relación, andan juntos todo el tiempo. Los papás de Valeria no están conformes con la boda civil que ya perciben como una farsa. Si su hija quiere destruir su vida pues es asunto suyo, pero no lo hará desprestigiando el nombre de la familia. Exigen el aval de un Dios, así, aunque sean el chisme de la comunidad, al menos ante los ojos de sus amigos habrán cumplido con el protocolo divino y quizá las batallas terrenales serán más fáciles de librar. El problema es que no hay rabino en la Ciudad de México que acepte realizar el matrimonio sin un divorcio oficial.

En la religión judía a este procedimiento se le llama *get*, una palabra en arameo que simboliza la disolución de los lazos supuestamente indisolubles del matrimonio. En realidad no importa el nombre, pero sí la procedencia, el pasaje bíblico que habla del *get* es Deuteronomio 24:1-2 y dice, en pocas palabras, que cuando un hombre toma a una mujer, si ella deja de agradarle, el marido puede repudiarla a través de una carta y correrla de su casa. Así quedan divorciados. En serio, eso dice.

¿Y si es la mujer la que quiere la ruptura? ¿Si es ella la que no puede seguir viviendo una vida que le queda chica, que la ahoga, que la está matando poco a poco? ¿Si resulta que es la mujer la que no es feliz? Eso al judaísmo no le importa.

Valeria les explicó a sus papás que era imposible que la casaran por la religión a menos que Leo le diera el *get*, y él, por supuesto, no estaba dispuesto a darlo. Se trata de castigarla, no de premiarla con una libertad que no merece.

Moishe, hombre sabio, comerciante y rico, tenía socios en Guadalajara. Amigos con los que llevaba años haciendo negocios muy fructíferos. Sabía que ellos le concederían cualquier favor. Los llamó y les dijo que necesitaba a un rabino dispuesto a casar a su hija, pasando por alto el hecho de que ella y su esposo aún no estaban divorciados. Se hizo un silencio al otro lado del teléfono. Era evidente que habían escuchado el chisme, después de todo, la comunidad judía de México era muy pequeña. Entre veinte mil personas los rumores corrían como una media rasgada. En Sabbat, los hombres se reúnen en el templo para cumplir con los rezos del viernes. Entre plegaria y plegaria diseminan las novedades. Después estos hombres van a sus casas, durante la cena comentan y, en general, exageran las historias más suculentas. Al día siguiente las mujeres, que no tienen otra cosa que hacer más que cuidar hijos y comer pasteles, siguen exaltando las patrañas. Una mordida de kugel de manzana, un sorbo de té, una vida hecha pedazos con los dientes afilados del juicio y la envidia. Durante años Leo, Carlos y Valeria fueron el platillo favorito.

Los socios de Jalisco le prometieron a Moishe que harían lo posible. Dos semanas después el asunto estaba arreglado, los casarían pero suplicaban discreción; si se hiciera público podrían cerrarles el templo.

Valeria, Carlos, Ana y Moishe volaron a Guadalajara y fueron directo al lugar en el que los esperaba un rabino apresurado por terminar la ceremonia, colectar el dinero prometido y salir corriendo.

Se hicieron los rezos correspondientes. Bebieron vino bendito. El rabino les entregó un papel oficial, la *ketubá*, prueba fehaciente del permiso divino para estar juntos. La costumbre dicta que la mamá de la novia guarda el pergamino en un lugar especial. Si alguien pone en duda la honorabilidad de su hija, ella tiene la prueba. Ana metió el papel enrollado a su enorme bolso. Carlos besó a Valeria, por primera vez frente a sus ahora suegros. La novia se sonrojó. Los papás los felicitaron sin mucha emoción. Fueron a comer a La Alemana, el restaurante más antiguo de Guadalajara. Brindaron con un enorme *wiener schnitzel*, papas calientes y una botella de vino francés. Ése fue su banquete de boda.

De ahí al aeropuerto a tomar el avión de regreso a la ciudad.

Por primera vez, Valeria y Carlos durmieron como marido y mujer, bendecidos por los astros, dioses y demás poderes del universo. Su única luna de miel fue una noche en el recién inaugurado hotel Camino Real de la Ciudad de México. Al día siguiente le avisaron a mi mamá que debía tomar el avión a Italia para ir a buscarnos. Calculaban que el viaje duraría a lo sumo una o dos semanas. Los abogados tenían los papeles necesarios, sentencias de los jueces y oficios para recuperarnos.

No volvieron a verse en más de un año.

Cuando mi mamá aterrizó en Italia, ya nos habíamos esfumado. Al llegar al castillo, el dueño, amigo de Samuel, la recibió sin entender el porqué de tanto apuro, tanto dolor en la mirada, tanto abogado. Leo le había dicho que estábamos de vacaciones, unas semanas por Europa para ir fogueando a los niños en la grandeza del mundo. Su madre nos va a alcanzar en París.

Al intentar exponer lo sucedido, Valeria se dio cuenta de que no tenía forma de hacerlo. Las explicaciones estaban regadas, dispersas, algunas borradas por la culpa, otras por el miedo y muchas más por la desesperación. No, no había forma de esclarecer lo que estaba viviendo porque como cualquier pesadilla que se digne de serlo, los eventos no tienen orden ni lógica alguna.

Salió como habría de salir tantas otras veces a lo largo del Viaje. Cabizbaja, angustiada y, aun así, como una leona que prefiere perder la vida que dejar a sus cachorros en manos de un depredador. Lista para seguir olfateando nuestro rastro hasta recuperarnos.

Los investigadores volvieron a emprender la tarea de localizarnos. Mientras tanto, Valeria se hospedó en un hotelito de Perugia.

No quiere pensar en nosotros. Se le han ido destiñendo nuestras risas. Cuando sueña, ha dejado de percibir el aroma de mi pelo recién lavado. No quiere pensarnos porque al hacerlo se cuelan instantes en los que pierde la esperanza de recuperarnos. Entonces siente pánico. Entonces necesita más a Carlos. Pero él tampoco está. Ahora apenas distingue aquella noche en la que, abrazando desnudos el futuro, no tenían idea de lo mucho que iba a doler la separación, la diferencia de horario, las noches de desvelo, la complejidad de hacer una llamada de teléfono.

Esa estancia la llevaría a detestar la comida italiana durante años. El olor del aceite de trufa y del queso parmesano la remitían al frío en su cuerpo, imposible de calentarse por el vacío que causa la ausencia de alma y es que, al parecer, la suya se había quedado adherida a la mano derecha de Carlos, a los dedos que la recorrieron aquella última madrugada juntos.

Fue a la cabina telefónica, en su italiano quebrado pidió una llamada a México. ¿*Messico*?, respondió un joven confundido que conocía tres países de Europa, y ésos sólo de nombre ya que jamás había salido de Perugia. Abrió un grueso libro telefónico, buscó y rebuscó hasta que mi madre le aclaró que el extraño país estaba en América. Ahhh, América, respondió emocionado, ¡*Nuova York*! No, *Messico*, repetía Valeria. En ese momento vislumbró el enorme esfuerzo que sería cada instante de la nueva vida que de pronto le había caído encima. Comprendió el dolor de cargar tanto desconcierto. Lo mucho que añoraba a Carlos y lo mucho que necesitaba tener a sus hijos con ella. Por primera vez se sintió sola.

Finalmente, el joven logró establecer la comunicación y le indicó a mi madre que su llamada estaba lista en la cabina *cinque*. Valeria descolgó la bocina, Hola, Hola… escuchó con un eco terrible. Las voces, al atravesar el mar, salían mojadas y sordas. Ella hablaba, tras una pausa hueca, infinita, él respondía. Cada segundo costaba mucho y era imposible decir algo congruente, así que se despidieron con un "Te amo, siempre". Siempre.

De entonces en adelante se comunicaron por carta. Carlos mandó una cada día de ausencia. Valeria respondía cuando la búsqueda y el dolor le daban permiso de escaparse al mundo perfecto que algún día supo que existe, pero que poco a poco se desdibuja.

77

Mientras tanto, los detectives y agentes de Samuel camuflaban nuestras huellas. Plantaban pistas falsas que hacían que Valeria fuera a Noruega, Grecia, Portugal. Llegaba a cada ciudad, acompañada siempre por sus papás o su hermana mayor, con la emoción de un encuentro que no sucedía. Una y otra vez descubrían que alguien se había coludido para confundir a los investigadores. Cuando esas personas veían la mirada tan verde, tan mojada, tan triste de la mujer que preguntaba por nosotros, irremediablemente sentían culpa. Algunos balbuceaban disculpas en lenguas extranjeras. Otros apenas lograban tomar con vergüenza su mano.

Mi madre estuvo a punto de subir a un avión, siguiendo otra pista falsa que la iba hacer recorrer la mitad del planeta en vano. Ya en el aeropuerto, a escasos minutos de abordar el vuelo de Varig que, después de dos escalas y más de veinte horas, la llevaría a Brasilia, la recién inaugurada capital de Brasil, uno de los detectives la interceptó para decirle que era mentira. Nosotros seguíamos en algún país de Europa. Le explicó que habíamos estado en Sudáfrica y tuvimos que escapar por amenazas de los bóeres. Valeria nos visualizó perseguidos por esa policía sin escrúpulos que tenía fama de matar primero y preguntar después. Nos presintió asustados, sucios, tristes. Entonces el vértigo se convirtió en odio, odio que genera suficiente fuerza para romperlo todo. Para llegar a donde sea necesario.

Y correr, buscar, leer, escribir.

Llorar.

Un boquete eterno en la boca del estómago. Ansiedad que aprieta el aliento.

Finalmente Israel, donde mi madre volvió a vernos.

Después de unos meses instalada en Tel Aviv, mientras los juicios se preparaban para definir nuestra suerte, Carlos la llamó, le pidió que se fueran a Chipre una semana. A ti te queda muy cerca, no le tienes que decir a nadie, yo vuelo para allá, aunque sea para estar juntos tres o cuatro días.

No acepté, me cuenta mi madre. Le dije que iba diario a verlos en el kibutz y que no podía dejar de hacerlo. Además estaban llevándose a cabo los juicios y qué tal si alguien se enteraba de que me había ido de viaje con él; pensé que eso podría alterar la decisión del juez. Le dije que no. Él se quedó callado, entendió mis razones. Hoy me arrepiento, me dice Valeria. Nada iba a cambiar y ese viaje hubiera sido mágico. Aunque durante los años que estuvimos juntos recorrimos casi todo el planeta, Chipre siempre permaneció como un lugar inalcanzable en el que, quizá, habríamos logrado perdernos. Perderse para siempre de todo y todos suena muy apetitoso ¿verdad?, pero imposible. Asignatura pendiente, le llama Valeria a ese episodio de su historia.

78

El juicio terminó.

Leo le dijo a Valeria que en cuanto terminaran las clases cumpliría con el mandato. Ésa fue la única vez que hablaron en dos años. Le prometió que se encargaría de los trámites y le pidió que regresara a México. Déjanos solos estos últimos meses, quiero que los niños se lleven un buen recuerdo de su estancia en el kibutz y tus visitas los alteran.

Mi papá decidió salir de Israel antes del tiempo estipulado. La noche previa nos avisó que partiríamos al día siguiente, Empaquen sólo lo que les quepa en su maleta, ustedes deciden qué se llevan y qué dejan. De todos modos pronto vamos a regresar, no se preocupen, aquí les cuidan lo que no puedan cargar ahora. Sin pensarlo, puse mi muñeca favorita, una bebé vestida de rosa, con la piel suavecita y olor a talco. Fue difícil decidir el resto de las cosas que llevaría. Supuse que necesitaba ropa y zapatos y con eso se llenó casi por completo la maleta. Quedaban libros, mis apuntes de escuela, fotos y algunos juguetes. Estaba empacando cuando noté, parado a mi lado, al niño de pelos chinos con una mirada que se iba mojando con cada objeto que guardaba. Lo abracé, no te pongas triste, le dije, vas a ver que mi papá va a ganar el juicio y muy pronto voy a volver. Él no pareció creerme, bajó la cabeza. Entonces saqué mi muñeca. Ella me había acompañado durante dos años, que eran una tercera parte de mi vida. Fue lo primero que Leo me regaló al subirme al avión, cuando empezó El Viaje. A esa muñeca le platicaba mis problemas y le susurraba, cada día menos, cuánto extrañaba a mi mamá. Tenía los cachetes manchados y el pelo enredado. Mira, le dije a mi amigo inseparable, te la dejo, así seguro tendré que regresar, ¿no? Él sonrió. Confiarle mi más valiosa posesión en prenda era un certificado de retorno más válido que cualquier promesa.

Nunca volví.

No me acuerdo cómo se llamaba el niño. Tampoco recuerdo el nombre de mi muñeca.

Al día siguiente despegó el avión que nos trajo a México, a una vida inesperada y, quizá, en sus inicios, más turbulenta que el secuestro.

Cuando, después de dos años, Leo ya nos había convencido de que estábamos bien sin mamá, que Israel era nuestro país, que aquello que punzaba en el vientre no era dolor, nos volvió a subir a un avión y nos llevó a la casa con reja de alambre, a un idioma casi desconocido, a un país que no sentíamos nuestro. Al terreno de las mimosas púdicas.

Fue entonces cuando Valeria decidió entrar a punta de balazos a recuperarnos.

79

De pronto termina la guerra. Termina mi guerra. Así tan de repente como empezó. Si hubiera sido película habríamos visto a un soldado que corre a través de un campo fangoso, se escuchan balazos. A su lado cae uno de sus compañeros, no hay tiempo para detenerse. El soldado se agacha lo más posible y continúa corriendo. Caen otros, pero él, por alguna razón, está vivo. Y corre.

Silencio. Se dejan de escuchar los disparos. Ya no se ve el cielo iluminado por bombas. Silencio.

El soldado no se atreve a mirar. Sigue agazapado, tapándose la cabeza, los oídos. Poco a poco levanta la mirada. Cauteloso. Sólo se oye el viento, quizá un pájaro.

Ya no hay peligro. Apenas lo puede creer, pero es verdad. Termina mi guerra.

Mi papá se mudó a Nueva York.

Carlos y Valeria necesitan que Leo se aleje de sus vidas. A pesar de que ya vivíamos juntos como una familia "normal", así, envuelta en comillas, mi padre no dejaba de hacer ruido. Nos buscaba poco, pero cuando lo hacía generalmente era con coches de guaruras y amenazas de un nuevo secuestro. Entonces teníamos que volver a escapar. Regresan las pesadillas. Mi hermano deja de comer. Mi mamá se sumerge en pensamientos fangosos. Nunca nos van a dejar tranquilos, le dice a Carlos, Y quienes van a seguir pagando son los niños.

Carlos es muy amigo de los más importantes personajes del país y decide, por primera y única vez, beneficiarse de esas amistades. Le consigue a Leo un trabajo en el Servicio Exterior. Conoce perfectamente a su ex cuñado y sabe que añora un cargo diplomático.

Cita al todavía esposo de Valeria en un café, se saludan civilizados, acaso apretando en exceso el puño. Café americano. Yo, expreso doble. Un trago para humectar la garganta, seca de tantas palabras atoradas. Sé que lo sucedido duele y, por supuesto, estás furioso. Lo entiendo. No tengo palabras para disculparme y tampoco puedo remediar el amor que siento por Valeria. Voy a tratar de ser el mejor esposo y un buen padrastro para tus hijos, nunca voy a pretender sustituir tu imagen. Puedes verlos cuando quieras. Leo lo mira con ¿odio? ¿curiosidad? ¿tristeza?... Hay un puesto en la ONU, en Nueva York, es tuyo si lo quieres.

Mucho tiempo después mi papá me confesó que para ese momento le urgía escapar de México, de los hilos con los que Samuel pretendía manejarlo. Salir de la sociedad que le aplaudía y lapidaba indistintamente.

No hace falta decir que estuve en un conflicto ante la propuesta de Carlos. El hombre que me había quitado a mi mujer, a mis hijos, la vida planeada desde antes de nacer. Pero sabes, hija, las cosas casi nunca son blanco y negro y en las tonalidades de gris caben todas las explicaciones.

Estamos sentados en un restaurante. Desde la ventana se asoman las primeras jacarandas de ese año y en los ojos de Leo se vislumbraban los inicios de una enfermedad que lo iría llevando lejos de todos, en especial de sí mismo. Aún no lo sabíamos, pero acaso algo presentía. Aquel marzo me hizo confesiones profundas que sé que le dolieron. Sin embargo, intuyo que lastimaban más guardadas en el pecho, que flotando entre mis lágrimas y las flores violeta.

Carlos era un buen hombre, siempre lo supe. Entendí su deseo de separarse de mi hermana quien no pudo o supo amarlo como él quería. Comprendí también que se enamorara de tu mamá, ella era bellísima y, al parecer, una mujer fogosa y tierna cuando no estaba conmigo. También, al otro lado de la balanza, y es que estas pinches balanzas siempre tienen dos lados, estaban aquellos que me juzgarían por aceptar lo que podría parecer un soborno. Pues esta vez incliné el peso hacia mi felicidad, mi puerta de escape, mi salud mental. Hoy te puedo decir que fue una buena decisión, a pesar de que me mantuvo lejos de ustedes por un cuarto de siglo. Me habría vuelto loco de haberme quedado.

Aceptó.

No lo volvimos a ver en mucho tiempo. Carlos se tornó en lo más cercano a un papá. Leo se casó con una mujer y después con otras, siguió su carrera política, tuvo dos hijos y fue feliz.

Yo tardé veinticinco años en decidir perdonarlo. ¿Perdonarlo de qué?, me pregunto hoy.

La realidad es que le cerramos cualquier posibilidad de acercamiento. Supongo que Valeria puso los primeros ladrillos de una pared que después, entre todos, hicimos infranqueable.

¿Cuántas cartas mandó que nunca recibimos? ¿Se habrá acordado de mi cumpleaños? Imagino que trató en algún momento de vernos o al menos hacerse presente en nuestras vidas con un regalo o una llamada. Supongo, la verdad no lo sé. Él dice que sí, ella lo niega.

Mi mamá y Carlos se casaron, ahora sí en forma oficial y verdadera. Una ceremonia preciosa en casa de mi tía. Mi hermano y yo fuimos testigos, para hacernos sentir parte de ese pacto que existió entre ellos desde la primera mirada compartida. Empezaban la vida juntos, y en esa vida Leo ya no cupo.

Por supuesto que Samuel no se conformó. Estaba furioso con su hijo porque de pronto cortó los hilos y decidió dejar de pelear. Mi abuelo ya había paladeado el sabor dulce de ver al enemigo retorcerse de dolor, pero quería más y Leo dijo, Ya no. Ya me cansé. Samuel siguió adelante con el juicio, perdido de antemano, ya que sin Leo en el panorama no había posibilidad de que le dieran la patria potestad. Entonces mi abuelo persiguió lo que para él resultaba la última de las victorias. Está bien, que Valeria se quede con los niños, pero nosotros no le daremos dinero. Mi mamá aceptó feliz. Alguna vez me contó que mi papá prometió dar una suma ridícula que no alcanzaba ni para el desayuno. Y, de hecho, terminó por no dar nada.

Carlos se encargó de mantenernos, mandarnos a la escuela. Él me casó y me compró mi primera casa. Para Leo este trato resultó muy cómodo.

No, no creo que haya dejado de querernos, pero sí dejó de ser un papá.

80

Tu papá te adoraba. Mi nana, Angelina, lo dice de repente, como si se le acabara de ocurrir y, sin embargo, como si esa frase hubiera estado atorada en su garganta durante treinta años.

Se me cae el taco de albóndigas. Se me caen las excusas.

Mi abuela acaba de fallecer. Leo estará ahí, en su departamento recibiendo gente. Sé que debo ir.

Mi papá me adoraba. Estoy segura.

Lo encuentro despeinado, desvelado. La muerte tiene una forma de hacer ceniza la complexión de aquellos que han perdido a un ser querido. Y, sin embargo, al verme, a Leo parece entrarle luz a la mirada. Sonríe nervioso.

Me di cuenta de que mi visita era inesperada. ¿Pensó, quizá, que nunca me iba a volver a ver? ¿Se había conformado con la idea de merecer un castigo perpetuo?

Si hoy, en cada línea que escribo, venero la complicidad que Valeria y Carlos se tuvieron porque es la pasión que todos quisiéramos vivir, si aplaudo a mi mamá por haber optado por el amor antes por la vida misma, también tengo que abrazar a Leo. Él, en su decisión de llevarnos al Viaje, también optó por el amor, el amor a nosotros. Amor malentendido y gangrenado de venganza, pero amor al fin.

Explícame, le pido, aquella primera noche que nos vimos en el restaurante, Hoy que soy mamá de tres hijos, más que nunca pienso que tendrían que matarme antes de que los dejara de ver treinta años. ¿Cómo le hiciste?

Leo me mira con esa ternura que dan los años vividos a galope, a pelo, a contraviento. No entiendes, porque has tenido una vida escrita en hojas blancas, en línea recta, con tinta negra. Pero hay vidas que son lienzos de Jackson Pollock y, créeme, cada rasgo de pintura chorreada, cada gota salpicada, nos hace más flexibles.

Cuando supe que tu mamá y Carlos estaban en una relación, enloquecí. No por ver a mi esposa en los brazos de otro hombre, eso me daba igual. Desde la noche de bodas supe que entre tu mamá y yo no habría jamás pasión. De hecho, me dice riendo, pensé que ella era frígida.

Me fue carcomiendo la idea de imaginar que ustedes tendrían otro papá, que irían a la feria tomados de su mano. Me trastornaron imágenes en las que tú, mi niña de cinco años, mi pequeña de trenzas y ocurrencias, con la boca siempre embarrada de algún dulce y los ojos ávidos de ver más, llegarías de la escuela a abrazar a un ser que no lo merecía. Porque tu papá soy yo. Porque aunque acepto que no fui el mejor esposo, sí traté de ser el mejor padre.

Cuando descubrí los poemas, lo que me enfureció no fue el engaño, fue leer las palabras apasionadas de un hombre que está dispuesto a serlo todo para la mujer que ama, incluyendo ser el padre de sus hijos.

Tu madre ignoraba mis súplicas. Le pedí que no nos divorciáramos hasta que ustedes fueran mayores. Le dejé entrever con mis palabras que no haría más preguntas sobre su relación con Carlos. Si nos separamos, los niños dejarán de tener una familia estable. Además, agregué una y otra vez, que el tío se convierta en padrastro no es sano.

Valeria ya estaba decidida. No sabía cuándo, no sabía cómo, pero su única posibilidad era junto a Carlos.

Leí cada uno de los poemas, me cuenta mi padre, me aprendí incluso algunas estrofas. Hablé con ella, Me doy cuenta de que estás enamorada de él. Está bien. Leo sabía que entre ellos nunca podría haber surgido esa tinta que desborda palabras apasionadas. Lo aceptó, pero no admitió que mi madre se quedara con sus hijos. Vete con Carlos y déjame a los niños.

Valeria, antes que nada, era mamá. Lo sé yo. Lo sabía Leo. Esa propuesta era impensable.

Llegué desesperado a ver a Samuel. Desde que entré a su enorme oficina mi padre percibió que estaba trastornado. Cálmate, me dijo. No hay nada que no se pueda arreglar. Tenemos la inteligencia y el dinero para resolver lo que sea.

Cuando le expliqué la relación entre Valeria y Carlos, Samuel me miró sin decir palabra. Eso ya lo sabemos todos, pero ¿qué más? Aunque la turbulenta y liosa relación entre su yerno y nuera no era algo que le diera gusto, tampoco le causaba la furia esperada. Samuel era un hombre pragmático. A lo largo de su matrimonio había tenido muchos amoríos, tan sólo una válvula de escape, una diversión, como ir al cine.

El sexo es algo placentero, hijo, pero sin importancia. Si hubieras descubierto a tu mujer masturbándose, leyendo a Xaviera Hollander ¿estarías hoy clamando infidelidad?

Me quiere quitar a mis hijos, respondió Leo. Quiere que nos divorciemos y vivir con Carlos y los niños. Samuel se levantó de su silla. Golpeó con los dos puños el enorme escritorio de caoba y piel de búfalo traído de Inglaterra. Eso no va a ocurrir, dijo con la voz áspera que lo caracterizaba.

Leo comprendió que a partir de ese momento los hilos del títere serían manejados por su papá. Había perdido el control de la situación. Incluso de sus emociones. Samuel le decía cuándo estar tranquilo y cuándo tenía que enfurecer. Lo llamaba por teléfono o lo buscaba cada vez que se le ocurría algo, y ese algo era siempre una pieza más del plan maestro que terminaría con la vida de los traidores.

Ahí, echándole leña a la fogata, la hermana de Leo ayudaba a organizar. A ella no le molestó la traición de su esposo; de hecho, parece haberse sentido aliviada. Su matrimonio, arreglado por sus padres, fue siempre una carga. Ahora tenía una perfecta excusa para abandonarlo y, además, vengarse. Samuel y su hija se reunían cada tarde y, como las brujas de Macbeth, mezclaban en un enorme caldero destrucción y dolor.

Una tarde llamaron a Leo para que fuera a verlos a la oficina. En esa época mi papá caminaba lejano, tenía los ojos hundidos. Iba de una de las construcciones de la empresa familiar a otra, sin hacer nada más que ver cómo los edificios, que poco a poco plagaban Polanco, crecían cada día más altos. Cientos de oficinas y departamentos.

Al entrar, lo primero que vio fue una caja con la marca Lili Ledy; adentro, una hermosa muñeca con olor a talco y vestido de encajes. Su mirada se posó en dos maletas pequeñas. Una azul y otra rosa. Te los vas a llevar, dijo Samuel sin preámbulos. Ya tenemos listos los pasaportes, los boletos de avión y tu estancia en el castillo de un amigo que vive en Perugia. Salen el sábado, después del cumpleaños.

Cincuenta años después mi tía me dirá que no tuvo nada que ver en la planeación del secuestro. Y yo le voy a creer. Porque cincuenta años son demasiados para recordar la realidad, y excesivos para cargar un rencor.

81

Mi fiesta de cinco años.

Mi pastel en forma de mariposa, cubierto con betún rosa y chochitos de colores.

Los hilos de la marioneta se mueven con arrebato. El titiritero ordena, Dile a Valeria que quieres llevarlos a Valle de Bravo a pasar el fin de semana, para celebrar a tu hija. En la cajuela van a estar sus maletas. Tu hermana se encargó de comprarles lo necesario, al menos para empezar. Ya irás consiguiendo lo que haga falta. Tu avión sale el sábado a las seis de la tarde. Van en primera clase, a los ricos les hacen menos preguntas.

La marioneta quiere correr, los hilos la detienen. La marioneta quiere hablar, quizá decir que no le parece una buena idea secuestrar a sus hijos, pero si el titiritero no mueve los hilos, la boca permanece cerrada.

La marioneta intenta decir que no, pero su cabeza asiente. Sus piernas lo sacan de la oficina.

Hace la llamada.

Valeria quisiera negarse, pero entiende que él tiene derecho a llevarnos de paseo un fin de semana. Está bien, le dice, ven por ellos en la mañana. Ten cuidado en la carretera, ha estado lloviendo mucho.

Cuando tu abuelo me dijo lo que estaba planeando, yo no estaba seguro, me cuenta mi papá. Lo último que quería era dañarlos. Por eso unos días antes me los llevé al parque. Mientras comíamos helado les pregunté si les gustaría irse de viaje conmigo, conocer lugares exóticos, pasear por calles preciosas. Me dijeron que sí.

Ésa ha sido siempre una excusa que, supongo, permitió a Leo vivir sin culpa, o con menos culpa, El Viaje de los Niños. Ustedes aceptaron. Nosotros, mi hermano de nueve años, yo, de cinco, consentimos irnos de viaje a lugares divertidos con nuestro papá. Y eso a él le parece suficiente justificación para alejarnos de la vida durante dos años y fingir, ante un teléfono gris de disco, que mi madre no quería volver a vernos. Astillar nuestro amor por ella, aunque al hacerlo, fragmentara nuestra infancia que apenas comenzaba.

Los adoraba, ¿entiendes, hija?, me los estaban arrancando. Querían involucrarlos en una vida que yo consideraba nociva. Tuve que hacer algo, aunque quizá ese algo no fue lo más sensato.

82

Al llegar al castillo, la muñeca Lili Ledy ya estaba despeinada, sucios los encajes del vestido. La emoción del vuelo en primera clase se había disipado.
Estoy en un lugar desconocido. Húmedo.
Sin mamá.

Y, ahí, al fondo del pasillo, una mesa redonda, un teléfono de disco.

Una llamada.

83

Cuando pienso en El Viaje hay dos películas. Una contada por Valeria, en ésa aparece África y el peligro de ser asesinados por los bóeres y un papá ausente dedicado a hacer campaña antiapartheid. En esa película, tantas veces repasada, en especial cuando estoy indefensa en un sueño, existe una maestra, novia de Leo, quien me cura el dedo sangrante del pie derecho. Me venda la herida, pero no logra aliviar la ausencia de la única persona que en ese momento podría haber detenido el dolor. En ese Viaje, el que me ha contado mi mamá, tratando de no contarlo para no hablar mal de mi papá, pero de todos modos haciéndolo, está París y el tormento de Valeria cuando nos ve salir de la escuela, a escasos metros de sus manos que ansiaban abrazarnos después de un año de lejanía. Está el borde de mi vestido escapando por el resquicio de la puerta, antes de esfumarnos por un año más. Y siento su angustia y percibo la maldad en el hombre que nos lleva de la mano hacia un nuevo país, un nuevo escondite, más y más tiempo. Están Israel y el kibutz y una mamá que se ha vuelto el enemigo, después de incontables lágrimas, de buscarla sin respuesta, de mentiras contadas por Leo que rompían cada vez más mi certeza del amor incondicional que una madre tiene por sus hijos.

Y la persona amada tiene que ser enemigo, porque así es menor el dolor de la traición.

Ese Viaje duele y enoja. Ese que me hizo castigar a mi papá durante décadas.

Pero hay otro Viaje, uno que ha ido brotando poco a poco después del reencuentro con Leo. Se nos confunden los recuerdos. A mí, porque entonces era demasiado pequeña y a él, porque hoy es demasiado viejo. Y, sin embargo, cada vez que nos vemos inmersos en la plática surgen memorias, una anécdota, algún instante. En esos momentos estoy en Sudáfrica abrazando a un perro que me compró Leo para tratar de mitigar el dolor que a veces me hacía despertar sollozando. Quiero ver a mi perro. Y no dejaba de llorar porque, sin entenderlo del todo, estaba llorando a mi mamá y a Angelina, a mi escuela y mis amigos, y a una vida cada vez más desteñida. A los niños no nos gustan las cosas que se decoloran. Cuando algo se va, es para siempre, y a los cinco años para siempre es demasiado tiempo.

Leo compró a Shed, el perro que veló mi dolor así como un paño de agua fría disimula la calentura en una frente incendiada. No quita la enfermedad, no cura, pero ayuda a dejar de sentir escalofríos.

En ese Viaje, el que está ahora almacenado en los recuerdos de mi papá y es su indiscutible verdad, hay un París en el que cada tarde él me recoge en la escuela y me lleva a visitar algún lugar divertido. Estoy con mi hermano, con la novia en turno de Leo, mujeres siempre ávidas de agradarme para conquistar el corazón inconquistable de su pretendiente.

En ese Viaje, me cuenta mi papá y yo le creo, cada fin de semana nos sentábamos los tres a decidir a dónde ir, qué país visitar, qué museo explorar, qué tipo de comida degustar. Ahí aprendí a comer caracoles sin vomitar en el intento, aprendí a tomar vino, siempre diluido en agua, pero vino francés al fin. Conocí un mundo enorme que después se volvió mi territorio. En ese Viaje entendimos que ir de un lugar a otro sólo requiere de una pequeñísima maleta con un cepillo de dientes y un cambio de ropa. Y las ganas de conocer con las pupilas, con el paladar, con los ojos cerrados para percibir mejor los olores sin estrenar. Y después abrirlos, muy grandes, para absorber a través de ellos el embrujo que está ahí y es sólo cuestión de decidir verlo. Así se debe viajar. Así, también, y eso no lo sabía entonces, se debe besar.

En esa vida que Leo platica, en los recuerdos con los que probablemente va a morir, él nos llevó a Israel porque ahí, en el kibutz, habríamos tenido una vida normal. Los niños de los kibutz de los años setenta eran parte de la comunidad. Aunque tuvieran un papá y una mamá, en realidad pertenecían a todos. Leo sintió que al ser parte de una sociedad fuerte, no extrañaríamos nuestra casa.

Quizá... Si Valeria no hubiera levantado cada piedra, roto cada pared, deshecho cada engaño, mi hermano y yo estaríamos viviendo en Israel.

Ahora que quiero acordarme, ahora que acepto que hay otro Viaje y un papá dispuesto a serlo, recuerdo que alguna vez Leo me acostó en las noches y me tapó para que estuviera calientita. Que alguna vez me contó un cuento. Que se preocupó cuando estuve enferma. Me acuerdo, aunque no pueda acordarme, de que él también sufrió la ausencia y que extrañaba su casa, ser familia, recorrer esos planes que había hecho en los que él y Valeria envejecerían juntos, paseando con sus nietos.

Cuando decidió subirnos a ese primer avión, él también emprendió un Viaje que lo llevaría a lugares inciertos y, después, aunque supongo que en aquel momento no lo supo, a la ausencia de sus hijos por más de veinte años.

Sí. Hubo dos viajes y dos historias. Dos verdades. Las dos, verdaderas.

84

¿Cuántos años de terapia llevas? Me preguntan personas al azar, gente que ha escuchado mi historia de pasada y creen poder opinar.

Debe de haberte dolido muchísimo. Odias a tu mamá. Amas a tu mamá. Odias a tu papá. Lo quieres. Carlos fue tu verdadero papá. No hay otro padre que aquel que te engendra. Sólo importa el que te cuida. Te ha costado trabajo tener una relación. De seguro sufriste de niña. De joven. Hoy que ya eres adulto…

Supongo que soy todo eso. No sé cómo sería hoy sin lo que he vivido, pero entiendo que aquí estoy. Con algunas grietas, varias resquebrajaduras, algunas cicatrices.

Estoy.

85

Si el aleteo de una mariposa puede cambiar el devenir del universo, ¿qué sucederá cuando dos seres deciden transformar por completo el rumbo establecido, el planeado, el previsto, el convenido por la férrea sociedad, por milenios de tradiciones? Incluso el que ellos mismos pensaban inamovible y perfecto.

Sucede que una niña se vuelve adulto. Sucede que ese adulto entiende que nada es permanente, que un beso no dado duele mucho más que aquel que nace entre dos gotas de agua que deciden ser océano, porque no saben ser otra cosa.

Porque no quieren dejar el oleaje.

86

Pasaron más de cuarenta años del Viaje.

Decidí invitar a mi papá a conocer a mis hijos. Organicé una comida en mi casa, mi hermano estaba de visita en México. Lo fui a recoger a casa de mi mamá. La noté angustiada, contrariada, ¿triste? Imagino que sabernos conviviendo con Leo, jugando a la familia, buscando olvidar en ese juego tanto pesar, le resultaba doloroso. Estoica, como suele serlo, sonrió y dijo, Que se diviertan, espero que a tu papá le entusiasmen sus nietos y se dé cuenta de lo maravillosos que son. No hay nada en el mundo que Valeria quiera más que a sus nietos. Tener que compartirlos, aunque sea en una comida con aquel hombre que quiso destruirla, la lastimaba.

Y, sin embargo, tomé la decisión en gran parte por ellos, para que esa historia ya no fuera parte de la suya. Para que con mis hijos terminara al fin la lucha entre unos y otros. Para permitirles conocer de dónde vienen y decidir hacia dónde quieren ir.

Ven a la comida, le dije a mi mamá, un poco en broma, un poco en serio.

Carlos ya había muerto hacía muchos años. Se le extraña siempre pero su legado es profundo y absoluto en cada uno de nosotros. Mi hermano y yo somos, al parecer, bastante normales. La vida siguió por buen rumbo y los protagonistas salieron ilesos. Tan ilesos como se puede salir de la vida cuando ésta se vive hasta hacerla jirones.

Ven, quizá y te cae bien. Ella se rio y mi hermano y yo nos fuimos.

Hacia el final de la comida, escuché abrirse la puerta de la entrada. No presté demasiada atención.

De pronto, bellísima, arregladísima, entró Valeria al comedor. Hola, le dijo a Leo, tenía ganas de verte.

Se hizo un silencio sepulcral. No sabíamos cómo reaccionar. Alguien se paró por una silla, alguien tosió. Leo miraba a mi madre, no sé si con asombro o quizá sin reconocerla del todo.

Platicamos de quién sabe qué unos minutos. Leo se levantó y dijo que ya era tarde, tenía que irse.

Al despedirse de Valeria, mi papá le tendió la mano. Que tengas un lindo día, le dijo.

Mi mamá lo miró con el verde profundo de las aguas calmas. Que tengas una linda vida, le respondió.

Agradecimientos

A Ramón Córdoba. Sé que sigues llevándome de la mano. Gracias, amigo, maestro, contramaestre. Te extraño. Te extrañaré siempre.

A editorial Alfaguara, en especial a Mayra González y Fernanda Álvarez. Gracias por cacharme, por guiarme y por confiar en mí y en esta novela que, a fin de cuentas, estamos pariendo juntas.

A Estela Peña Molatore. En tus sueños nació el titulo de esta novela y una amistad de esas que son para siempre.

A Beatriz Rivas. Maestra, amiga y generadora de encuentros mágicos. Gracias por existir, por acompañarme, porque mi camino a tu lado ha sido de complicidad, carcajadas y enorme aprendizaje.

Jessica, Federico, Arantxa, Fabianna, Eloina, Claudia, Sofi, Bea. Durante años leyeron y releyeron con paciencia y cariño. Su guía fue y es invaluable. Cada uno es cocreador, cada una, amiga de vida.

Mi tribu. En cada una, en cada uno de ustedes encontré una mano que acompaña, una mirada que sabe decir, el abrazo cuando se necesita, el consejo que salva y las risas que llenan de pasión el camino. Mi agradecimiento, mi amor absoluto, mi promesa de seguir juntos generando aquelarres.

Celina, Guadalupe, Ale, Elena, Aurora, Rita compañeras de estudios, de décadas, de vivencias. Gracias por ayudarme a que esta historia tome forma. Gracias por su amistad, la valoro y la atesoro.

Maru, Ale, Doc José Antonio, Verania: mis primeras compañeras en el mundo de las letras. Seguimos juntos en el tiempo, en la distancia, en el cariño del trayecto recorrido y por recorrer. Gracias por su apoyo para que esta novela viera sus primeros destellos.

A mis maestras y compañeros de yoga, agradezco cada día estar en este camino. Sus enseñanzas y su amor son esenciales en mi vida, adentro y afuera del mat. Namasté.

A mi familia, amigas, amigos y todos aquellos que durante tantos años me apoyaron, creyeron en esta novela y me impulsaron a seguirla escribiendo, sobre todo cuando me daba por querer tirar la pluma.

Gracias, Dory. Gracias por tu sabiduría, generosidad y forma de amar a cada uno de nosotros. Eres mi más grande maestro.

Meli y Lucy, amigas, hermanas, cómplices que vivieron y siguen acompañando cada uno de mis instantes. Junto a ustedes, junto a su magia, todo es posible.

Papá. Supiste de la existencia de esta novela, pero ya no llegaste a verla. Gracias por tu paciencia para ir diluyendo los témpanos del rencor. Gracias a la vida por permitirnos recorrer tu último trecho en perdón, compasión y amor.

Marlon, hermano, has sido mi cómplice y mi bastión desde aquella primera mirada hacia arriba, ahí a donde se fracturó nuestra infancia. Hoy seguimos de la mano recorriendo nuestra historia. Te quiero y te agradezco.

Mamá. Contigo descubrí que la vida tiene matices, que las historias son tan grandes como sus creadores, que luchar por el amor vale la pena. Eres, mamá, el ser más asombroso que conozco. Qué suerte tengo de ser tu hija, de ser tu seguro de vejez. Te adoro, mamita.

A Marcos, mi compañero de vida, de todas las vidas que se recorren a través de los años. Te amo, te agradezco tu apoyo y la confianza que siempre has tenido en mí y en este proyecto. Sin ti no hubiera sido posible.

A mis hijos Alexis, José Moisés e Iván. Mis maestros, mi impulso de vida. Gracias por sus consejos, por escucharme una y otra vez. El amor incondicional existe en mí gracias a que existen ustedes. Y a John, que vino a hacer más completa esta familia.

Nadie nos vio partir de Tamara Trottner
se terminó de imprimir en el mes de abril de 2024
en los talleres de
Grafimex Impresores S.A. de C.V.
Av. de las Torres No. 256 Valle de San Lorenzo
Iztapalapa, C.P. 09970, CDMX,